走进珊瑚筑成的宫殿

地铁4号诗歌坊精粹

北塔 主编

苏青 高翔 副主编

科学普及出版社

·北 京·

图书在版编目（CIP）数据

走进珊瑚筑成的宫殿：地铁 4 号诗歌坊精粹 / 北塔主编．—北京：科学普及出版社， 2014.4

ISBN 978-7-110-08588-2

Ⅰ.①走… Ⅱ.①北… Ⅲ.①诗集 – 世界 Ⅳ.①I12

中国版本图书馆 CIP 数据核字 (2014) 第 067143号

策划编辑　苏　青　杨虚杰
特邀策划　北　塔
责任编辑　郝　爽
版式设计　空白设计
责任校对　韩　玲
责任印制　张建农

出版发行　科学普及出版社
地　　址　北京市海淀区中关村南大街16号
邮　　编　100081
发行电话　010-62173865
传　　真　010-62179148
网　　址　http://www.cspbooks.com.cn

开　　本　720mm×1000mm 1/16
字　　数　220千字
印　　张　15.25
版　　次　2014年5月第1版
印　　次　2014年5月第1次印刷
印　　刷　北京科信印刷有限公司

书　　号　ISBN978-7-110-08588-2/I·370
定　　价　36.00元

序一

诗歌与社会嫁接的一个成功案例

——京港地铁4号诗歌坊：地铁与诗歌的“联姻”

北塔（京港地铁4号诗歌坊学术顾问）

现代诗似乎面临着越来越小众化的窘境。许多人忧心忡忡地呼吁诗人们尽力走出这种窘境，也确实有些诗人响应了，想方设法进行大众化写作的试验。事实上，有大众化诉求的诗人一直存在，但他们的大众化努力收效甚微。更多的诗人（比如洛夫先生和我本人）大概早就认定现代诗乃是小众艺术，并不在主观心态上追求所谓的大众化效应，更反对为大众趣味“打工”，因为我们都信奉现代诗歌写作的基本原则：个人主义。本人曾撰文《旗帜鲜明地反对现代诗写作的大众化诉求》。

但是，我反对的是那种大众化诉求，并不反对大众化本身。诗歌如果能够通过各种渠道、媒体，最终走向大众，岂不很好？

大家都在抱怨，如今的大众媒体几乎与诗绝缘，但“地铁诗”的成功实践可以缓解甚至反驳这一抱怨。因为地铁更大众，也是媒体，是一种新型大众媒体，是一个巨大的城市公共空间。“地铁诗”可能就是一条让现代诗走向大众社会的康庄大道，是一条解决个人性和公共性之间的矛盾的有效途径。

地铁是现代工业文明尤其是钢铁技术的集中表现，诗歌是人类亘古的心灵吟唱，一古一新，一硬一软，一实一虚，似乎风马牛不相及。但是，恰恰相反，地铁与诗歌建立了和睦的“婚姻”关系。

“地铁诗”在外国大都市，如伦敦、纽约、巴黎、华盛顿、华沙、首尔、东京等已有很多年历史（伦敦最早，1986年就有了），影响很大。2004年我去美国参加诗会，纽约的诗人蒲青女士向我介绍了“地铁诗”。2009年，在结识了京港地铁公司的李子文先生和高翔先生后，在他们的热情推动下，我终于找到了让这个都市文化概念在北京落地生根的机会。

作为国内首条引入外资的地铁线路，京港地铁4号线于2010年5月13日推出公益文化项目“4号诗歌坊”，地铁列车里赫然出现了诗歌。北京的地铁，借助于香港的先进管理理念，在开通了40余载之际，开始与诗结缘。

为了丰富地铁这一现代工业产物的文化内涵，打造人文地铁，同时为了让所有文艺形式中最高雅、动人的诗歌走进交通生活的公共空间，介入到北京人的常态生活，为了表达对公益文化事业的重视和贡献，京港地铁公司利用4号线和14号线的列车、车站和电梯甚至灯箱等展示空间，定期以不同主题展示国内外优秀诗歌，从而为乘客提供更为丰富的车旅体验。

这是一个文化公益项目，非常符合诗歌在当代社会的角色定位。很多年前，我就认定，诗歌本身就是一种公益文化形式。因为，一方面，诗歌的创作、研究和翻译几乎不会给诗人、诗学者和诗译者带来任何现实的物质利益；另一方面，诗歌作为一种最古老也是最能够历久弥新的艺术，对民族、国家和社会都是有益的，或许正是因为“4号诗歌坊”项目符合公益文化的内涵，得到了各方的支持。

首先，是钟爱诗歌的机构的支持。三年半来，《重庆晨报》、科学普及出版社、北京屈金星文化工作室、北京红色酒谷酒文化俱乐部、绍兴市喜逢春厨具有限公司、北京地大景华图文制作有限公司和中教思远（北京）文化发展有限公司等京内外多家机构，先后携手襄助这一文化公益项目，显现了文化的底蕴和公益的胸怀。

其次，是社会大众的肯定。如今，诗歌乘着亮丽的地铁列车，传播到了千千万万寻常百姓的眼中和心中，得到了良好的社会反馈。几乎不读中国新诗的人们，因为地铁诗而开始接触；从未曾写过诗的人们，因为地铁诗而开始尝试；拍客自发到地铁里拍了海报照片放到网络上；还有朗诵者自愿朗诵有关诗作放到网络上……这些举动表明：我们的社会需要诗歌，具有诗歌生长的肥沃而广博的土壤。

“4号诗歌坊”项目在中外诗歌界的反响很大。诗人们给予了高度的关注、支持和评价。诗坛泰斗屠岸先生一开始就奉献了他创作和翻译的诗歌。诗坛泰斗洛夫先生从加拿大来信评价：“世界各大都市都在做，中国总算赶上了。”前辈诗人沈泽宜先生从浙江来信说：“非常感谢并支持你们的创意，这为诗歌走向民众迈出了实质性的一步！”到目前为止，已经有200多位中外诗人的作品得到了展示。

2012年9月29日（中秋节前一天），第4届“中华世纪坛国际原创诗歌会”暨“诗歌与诗歌精神在现代生活中的处境”讨论会在北京举行。讨论会由诗会召集人、诗人严力主持，罗青、吕德安、洪烛、北塔（以上来自中国）、梅丹理、徐贞敏（以上来自美国）、阿米尔·奥尔（来自以色列）和萨米拉（来自伊朗）等中外诗人出席会议，现场讨论气氛热烈、参会者发言踊跃，并有口吻风趣、话题严肃的语言交锋。北塔策划并任学术顾问的京港地铁“4号诗歌坊”由于非常符合主题，即在诗歌与生活之间构建了一种有效而独特的联系方式，意外地成为本次研讨会的热门话题。

本项目也备受媒体界的关注，到目前为止，据不完全统计，全国各地关注过“4号诗歌坊”的媒体超过了100家，包括《重庆晨报》、《新京报》、《北京晨报》、《文艺报》、《中国文化报》、人民网、新华网、和讯网等。

我们所甄选的诗歌一般都是新诗，以白话体为主，但也包括新写的旧体诗、散文诗甚至诗剧中的独白。因为跟古诗相比，现代诗歌表达的是现代人的心绪，在充满现代情调的地铁交通空间中，更能引起乘客读者的共鸣。

北京是国际大都市，中外多种文化在这里都有展现，诗歌尤其如此。本人本来学的专业是外国文学，后来曾专门从事过外国文学的教学、翻译、研究工作，现在也依然有相当多的时间用于外国文学的阅读、翻译和研究。在当前开放的中国，尤其是在北京，无论是写作者还是阅读者，我们都应该有国际视野，在欣赏本土文化成果的同时，也要更多地去领略外国诗歌。因此，我们也时不时会在“4号诗歌坊”展示优秀的现代外国诗歌。

为了最大化地给予乘客艺术的魅力，我们有时还请书法家把诗歌文本写成书法作品，当然，考虑到大多数读者的欣赏习惯，我们尽量请书法家写成比较标准的楷书，而不是草书。我们还邀请优秀青年美术设计师冯书新先生设计成精美的海报,配以背景图，当然这些美术的因素只是背景或陪衬，不至于喧宾夺主，乘客的注意力聚焦的还是诗歌本身。

作为一名先锋诗人，我在做这一“俗业”的过程中，尽量在普及与提高之间寻找平衡点，既要努力维持自己的思想立场和美学趣味，又适当向现实和大众倾斜。我总的原则是：以提高促普及。我们选的是白话诗，但坚决不选大白话，更不用口水诗。有的读者可能觉得我们所选的作品有点晦涩，那可能是因为他们还没有适应现代诗的修辞策略，这需要一个过程，在他们读得更多时，可能就有更多的感受和收获。当然，有时如果整个一期的大部分作品都有点难懂，我会亲自操刀，写点导读式的文字。

为了推广这一日益“响当当”的文化品牌，强化其在公众中的影响力，我们还争取到了更多社会资源的支持，举办了诸如全球范围的征诗会、专题读诗会等一系列延伸性的精彩活动。因为“坊”，即“作坊”，而“作”是动词，具有创作的含义，因此，我们号召广大诗人们为地铁这一比较新颖的工业宏大意象创作诗歌。当然，其实，我不太赞成专门为能被诗歌坊入选而写诗，正如我一贯不太认可命题作文，文或许还能凑合着硬写，诗却绝对不可以。我们更欢迎那些本来已经写好了的适合诗歌坊的佳作。

另一方面，我坚持认为，虽然现代诗重思想和意象甚于音乐，但优秀诗作还是应该能出口、入耳，千百万乘客所喜欢的地铁诗尤其应该如此，举办读诗会就是为了检验这些作品的音乐性。

以“4号诗歌坊”第13期为例来说明以上几项。为了使之扮演中外诗歌交流的社会化平台的角色，中、加两国诗歌界和翻译界同人——尤其是北塔和李莎·卡尔杜齐等联手勠力筹划半年有余，终于推出此期“加拿大诗歌”专题。让·鲁瓦耶（Jean Royer）、露伊丝·杜博磊（Louise Dupré）等10位诗人的作品入选，由程依荣、树才等分别译成中文。这些诗人绝大多数在当前加拿大诗坛都相当活跃。由于其中有些作品现代性、先锋性很强，手法诡谲，寓意丰厚，作为学术顾问，我对这些诗进行了简洁的批点性解读，以帮助广大地铁读者更好地理解。

这是“4号诗歌坊”自2010年5月推出以来首次展出外国诗歌专题，受到了国内外的重视。2012年10月18日，在北京外国语大学举行办中加诗歌交流朗诵会。本次活动由北京外国语大学英语学院加拿大研究中心主办，由世界诗人大会中国办事处和京港地铁“4号诗歌坊”协办，由加拿大驻华大使馆、魁北克省驻北京办公室赞助，旨在通过中加诗人的诗歌朗诵会、专家点评、学者和诗人间互动交流的形式，促进中、加两国诗歌界的交流。中、加两国诗人同台朗诵，其中有来自加拿大的露伊丝·杜博磊和李莎·卡尔杜齐，来自中国的西川、北塔、杨北城等以及来自荷兰的池莲子等。整个朗诵会由北京外国语大学英语学院加拿大研究中心主任龚雁和世界诗人大会执行委员兼中国办事处主任北塔先后用双语主持，加拿大驻华大使馆文化参赞发表讲话。

朗诵会形式为诗歌朗诵、专家点评、学者和诗人间互动交流等，参与点评的专家是章燕和汪剑钊。加拿大使馆公使唐兰、魁北克省政府驻北京办事处代表郭德浩、京港地铁“4号诗歌坊”负责人高翔以及北京外国语大学校长助理兼英语学院院长孙有中、国际处主任李又文、英语学院副院长张剑及北京部分高校的师生和一些社会人士参加并聆听了一首首精美的短诗。

朗诵交流会取得了非常好的效果，《北京日报》、《新京报》、《中华读书报》、中国诗歌网、作家网和新华网等媒体纷纷报道，还有很多媒体竞相转载有关新闻。

地铁诗的“始作俑者”是伦敦地铁公司和伦敦的几位诗人，从20世纪80年代至今，他们每两年出版一册“地铁诗选”。我在引进这一概念时，也曾有类似的出版规划，但由于很多出版社视诗出版如畏途，所以两周年的时候没能出版。以资深诗人苏青先生为首的科学普及出版社具有浓厚的人文情怀，他们不仅支持过地铁诗的展示，现在又来帮助这一项目的出版，并指定全国新闻出版行业领军人才杨虚杰副总编辑具体落实编辑出版工作。在此，我要代表项目运营的所有单位和个人，代表诗人们，也代表广大地铁读者乘客，向他们表示崇高的敬意和诚挚的谢意。

编就本书，我突然意识到：其实这是一部现当代主题性诗选，众多现代和当代的优秀作品，在某些主题下汇集。只不过，由于地铁时空的条件限制，也考虑到大多数乘客的心理需求和审美趣味，情调上过于沉痛、修辞上过于繁复的文字没有出现，每个文本的篇幅也很小，许多情况下，我们不得不掐头去尾，只展示全诗某个最精彩的片段。在此，我要向诗人朋友们和众多读者表达深深的歉意。

最后，我还想抒发点感慨：眼前这些诗篇，本来是在地上的，后来我们把它们请到了地下，现在又回到了地上、纸上。它们经受了从光明到黑暗到再度光明的考验，如同铁矿石经过了炼钢炉的锻冶，如同孙悟空经过了太上老君炼丹炉的淬烧。也许，我不能说它们坚硬如金刚了，甚至法力大增了。但是，我想，经过了地下的诗，它们就不会害怕被湮没；经过了铁的诗，它们就不会害怕被捶打。这可能就是我们编辑出版本书的意义所在吧。

2013.11.28 敬书于京郊营慧寺

序二

感受诗歌的美好和科学的魅力

苏青（科学普及出版社社长）

20世纪80年代，诗歌曾经像现在赵本山的小品一样，受到广大文学青年乃至公众的喜爱，并影响了我们好几代人。我也是从那个时候开始喜爱诗，并试着开始写点诗的。可以说，在那个年代，诗歌陶冶了我们的情操，提升了生活的品位，丰富了人们的生活。诗，给我们留下过诗一般美好的回忆。

遗憾的是，这些年来，由于各种各样的原因，诗歌逐渐离人们的生活而远去，不再是文学的宠儿，甚至在某种情形下成为一些人嘲弄的对象。这固然有写诗的人的责任，尤其是像我这样一些伪诗人掺和其中不能写出好的诗歌。但我想，其中肯定还存在许多值得我们认真思考的社会原因。一个连诗歌都不热爱的民族，还称得上是一个优秀的民族吗？一个诗歌比小品的地位还低的国家，还能算得上是一个有文化的国家吗？

我个人无法给出这些十分严肃问题的答案，但我想，我们总可以为改变这种现状尝试做一些努力吧。这就是科学普及出版社为什么十分赞赏京港地铁公司在北京打造地铁文化的人文情怀和远见卓识，并非常乐意和其合作共同打造地铁“4号诗歌坊”的原因；这也是为什么当我的好朋友、著名诗人北塔先生提出这么一个好的动议后，我要积极响应并鼓动我们出版社更多的人积极参与的原因。

出版社是文化单位，我们不能忘记自己所肩负的历史文化使命，即使转企改制后，面向市场的经济压力更大了，我们仍然不能忘记自己的这份社会责任。作为出版者，我们始终希望更多的人通过阅读诗、欣赏诗、创作诗，来更加体验汉字的美妙，来更加感受生活的美好，来更加创造社会的美丽。科学普及出版社的副牌是中国科学技术出版社，“铸造科普精品，彰显科技魅力”是我们确定的办社理念。因此，我们希望在地铁“4号诗歌坊”里，出现专门的科学诗主题，让人们感受到科学的美好和科学的魅力，让科学与人文在地铁相遇，碰撞出美丽的火花，以此为提高我们全民族的科学文化素质尽一份绵薄之力。

我在畅想，每天上下班，当人们走进4号地铁线，无论是我们出版社的员工，还是每一位普通乘客，能够在紧张的工作和生活之余，在地铁站候车的时候，在车厢里驻足的时候，通过欣赏“4号诗歌坊”美妙的诗句，品味到诗歌的美好和科学的魅力，那将是一件多么惬意的事情啊！

2011年是科学普及出版社建社55年，能以这样一种形式纪念出版社55周年华诞，能用这样一种公益服务方式回馈社会和广大读者对我们的关爱，无疑是我们出版社每一位职工的光荣与骄傲。

(注：本文为作者2011年5月4日在科学普及出版社襄助“4号诗歌坊”公益文化项目签约仪式上的讲话)

目录

第三期 主题·草木

第四期 主题·母亲

第五期主题·“4号诗歌坊”首届全国征诗优秀作品专辑

第六期 主题·动物

第七期 主题 · 山

第八期 主题 · 月亮

第九期 主题·雪

第十期 主题·科学

第十一期 主题·春天

第十二期 主题·端午节

第十三期 主题·加拿大专辑

第十四期 主题·土地

第十五期 主题·乡关何处

第十六期 主题·建筑

第十七期主题 · 童年

第十八期主题 · 祭祖

第十九期 主题·秋天

第二十期 主题·雨水

第二十一期 主题·地铁

第二十二期 主题·动物

第二十三期主题 · 父亲节特别专题

跋

诗歌坊

第一期 主题·爱情

雪花的快乐

徐志摩

假若我是一朵雪花，
翩翩的在半空里潇洒，
我一定认清我的方向
——飞扬，飞扬，飞扬，
这地面上有我的方向。

不去那冷寞的幽谷，
不去那凄清的山麓，
也不上荒街去惆怅
——飞扬，飞扬，飞扬，
你看，我有我的方向！

在半空里娟娟的飞舞，
认明了那清幽的住处，
等着她来花园里探望
——飞扬，飞扬，飞扬，
啊，她身上有朱砂梅的清香！

那时我凭藉我的身轻，
盈盈的，沾住了她的衣襟，
贴近她柔波似的心胸
——消溶，消溶，消溶，
溶入了她柔波似的心胸。

【作者简介】
徐志摩，笔名南湖、云中鹤等，浙江海宁人，新月诗派的代表，诗人、散文家、翻译家。

八重子

戴望舒

八重子是永远地忧郁着的，
我怕她会郁瘦了她的青春。
是的，我为她的健康挂虑着，
尤其是为她的沉思的眸子。

发的香味是簪着辽远的恋情，
辽远到要使人流泪；
但是要使她欢喜，我只能微笑，
只能像幸福者一样地微笑。

因为我要使她忘记她的孤寂，
忘记萦系着她的渺茫的乡思，
我要使她忘记她在走着
无尽的、寂寞的、凄凉的路。

而且在她的唇上，我要为她祝福，
为我的永远忧郁着的八重子，
我愿她永远有着意中人的脸，
春花的脸，和初恋的心。

【作者简介】
戴望舒，笔名有戴梦鸥等，生于浙江杭州，逝于北京，现代派代表，有“雨巷诗人”之称。诗人、翻译家、散文家。

西塞娜十四行组诗之六

沈泽宜

你从蒹葭苍苍中走出
先去到巫山，再去到洛浦
传说中在水一方的女孩
始终隔着条看不见的河

坐着，安静得如同泪滴
又风一般从我身边走过
你婀娜如歌的体态
是月光的私语，白雪的离歌

为什么这样地来去匆匆
西塞娜，为什么要一去不返
我们相识了如同陌路
世界从没有因我们而存在

难道要等到轮回复轮回
才能倾吐我的忧伤，我的热爱

【作者简介】
沈泽宜，笔名梦洲，浙江湖州人，1958年以优异成绩毕业于北京大学，旋即被流放到陕北，诗人、诗评家。

溪水和叶轮

白桦

水车的叶轮和溪水相遇了
我们毕生的幸福就是轻声交谈

一小朵一小朵浪花在开放
一旦开始就没有个结束

你为我旋转着
我为你奔流着

是我教会了你怎样亲吻
从此　你再也没有从我的唇边离开过

一个埋怨一个吻
复习得那么认真

我是听从你言语呢
还是听从你的感情

我在奔流着 畅快地奔流着 为你
你在旋转着 醉意地旋转着 为我

【作者简介】
白桦，原名陈佑华，河南潢川县人，现居上海，剧作家、诗人。代表作有电影剧本《苦恋》等。

给他——系列爱情诗之一

林子

常常，我为我的笔感到羞惭，
它像一只无力的小鸟，
囚禁在这片温柔的天地，
突不破那隔绝了蓝天的栅栏，
只是谛听着这颗爱恋的心
怯怯地轻轻地跳动：嘀嗒、嘀嗒；
描绘它兴奋时的鲜红，
和失血时的苍白。
如果我是上一个世纪的姑娘，
也许，我会安于柔情似水的谈吐，
用褪色的丝带系上这束纸片，伴着
心跳和迷乱的眼光献到你面前。
然而，我们的爱情已闪耀着崭新的光彩，
难道还需要去拨弄那古老的琴弦？！

【作者简介】
林子，生于哈尔滨，长期生活于云南，现居香港，代表作有系列十四行爱情诗《给他》等。

纵然

桑恒昌

纵然被死神搓成灰烬

纵然旋舞而起

成星际间的粉尘

只要你轻轻地一声呼唤

聚起来还是那颗心

【作者简介】
桑恒昌，山东德州市武城县人，1941年出生，曾在西藏从军，现居济南，代表作有《幸福的时刻》等。

瘦瘦的爱情

祁人

沿着一江春水
我已无路可行
你所有的真实与美丽
将渐渐离我远去
踏过花开花落
多少回人生路
惟此九曲惆怅
令我忧郁成疾……

美梦一夕即逝
魂牵魄系的小桥流水
总是不易成真
而我则是西风下
打马与你擦肩而过的
流浪的人
风儿还未吹绿江南之岸
那刚刚伸展的叶子
却因你而凋零
我所向往的爱情啊
纯洁、美好
一碰却碎

道路多么遥远
爱情多么湛蓝
多么想你伸出温情和美丽
拴住我的瘦马儿呀
还有什么能给我更多的欣慰呢
当你将我打落马下
吻去我心灵的荒凉

【作者简介】
祁人，1965年6月18日生于四川荣县，四川师大政教系毕业，中国诗歌万里行总策划兼秘书长，擅于爱情诗。

爱情筑造师

韦锦

你的脸打开一扇扇亮灯的窗户
你的名字打开我的嘴
你像一道光芒停住我心灵的黑暗

我的爱多么直白，从眼睛到眼睛，手到手
从一块冰冰冷到一团火火热
我多么爱你。我不用整条河的干涸制止船的漂泊

我向木头里钉进一枚又一枚钉。我一点一点把你记住
我一点一点把自己掏空，把石头砌成墙，垒成柱子
我的屋顶，从高高的窑里搬来一片片火焰

我的爱越来越空。洞中鼹鼠
转身越来越轻松
我是一片空地越来越开阔；一座房子在远处就能望见
我是爱情筑造师。现在好多话顾不上说

我不再捧着你的泉源，像一张纸捧着一团火

【作者简介】
韦锦，山东人，曾住东营，现居河北廊坊，代表作有《点灯》等。

封闭爱情

雁西

出于习惯 我封闭
爱我的人你也封闭着
为什么爱你或爱我
可却对着对方关得更紧

或许 风会知道
时间在这幽暗的遂道
将爱情囚禁在这里
无法拉近的距离
就是我们相爱的故事

出于爱情
互相封闭
可能是对爱情的最好保护

【作者简介】
雁西，本名尹英希，江西南康人，现居海南，供职于海口某杂志。已出版诗集《走出朦胧》、《活着的花朵》等。

第二期 主题·江河湖海

纸船

屠岸

那一年我和你曾到废园的池塘，
把蚂蚁放进一群纸折的小船，
让它们漂过绿荫下广阔的海洋，
被阵阵西风从此岸猛吹到彼岸。
你还说组成了小人国无敌舰队，
在港口举行隆重的出征典礼。
我们为胜利的战士唱凯歌助威，
我们为牺牲的水手洒哀悼的泪滴。
把这些美丽的话语留在我心上，
你凭着孩子的好奇亲自去航海了。
当纸船在我的心浪上颠簸的时光，
作为失败者你从海上归来了。
世界上常有失败和胜利的交替
幻象却永远保持着不败的魅力！

【作者简介】
屠岸，江苏省常州市人，翻译家、诗人、文学评论家、出版家。著有诗集《深秋犹如初春》等。

寻找海洋

西川

在山脊高耸的地方
我寻找海洋
我寻找一名制作灯语的海盗
寻找一种叫做海马的生物
吻过的六角浮水

我寻找山脊在那海洋上
船头的绿色你们热爱过的树木
从我胸中穿过的太阳
搬动树根上的沙土
我寻找的是那沙土中的黄金

我寻找的是一个诺言
石头上的马儿你多会歌唱
你的歌声停在海底那些空荡荡的街道上
那些房屋我记住它们
那些失灵的仪器像纸牌算不出未来

我听见海水
听见藏青色的爱情在后半夜的威力
如果我是岩石
我心中的流水又是什么
又是什么人将海石花别在暗色的外套上

什么声音千年不化
像海洋上的风暴千年不息
角力的猛犸象在哪一条河流边安卧
睡成煤？呵，不存在的矿工
我要你不曾有过的矿灯

照着崎岖的道路
崎岖的航线
我寻找的是一片珊瑚汪洋
它蔚蓝色的脑海里
一个打鱼人闪现我父亲的背影幽暗

【作者简介】
西川，生于江苏省徐州市，现居北京，诗人、散文家、翻译家，出版有诗集《虚构的家谱》和《大意如此》等。

滦河水

——献给我故乡的河流

刘向东

我们几辈子人的骨头
都埋在这儿了
我们把这条河叫做母亲河……
在燕山的影子下面
边走边唱
接近今生最初的梦境
哦，水色天光一川石响
比清亮更清亮比美还美
当我在母亲与女儿之间
当我在妹子与妻子之间
看河水迢迢，迢迢的
液体的目光和面庞——
滦河呵，你
首先是一个好女儿
然后才是好母亲
有了你这好母亲
怎能没有好女儿
那么现在，当你远去
让我送你吧，带上我的骨头
到唢呐的尽头

【作者简介】
刘向东，生于河北省兴隆县，现居石家庄，出版有诗集《山民》、《现实与冥想》等。

一条河流与我背道而驰

柳歌

沱河，从我的门前缓缓流过
像流逝的岁月，从我的身边
悄悄的溜走。表面上看来
似乎，没有带走什么

我却知道，流走的不仅仅是水
还有日月的碎片、出走的白云
一个天空的倒影，以及一些
不小心掉下来的星辰

还有两岸树木周而复始的梦
它们每年与叶子一起枯荣
那些立足未稳的小草、与之俱下的
泥沙，以及隐匿其中的
许多灵魂

我经过世界时并不带走什么
而流水与我相反，两手从不落空
就像岁月，在我的体内一直做着减法
不露声色的，淘空我的青春

这样，大河就与我有了来往
我开始关心它的涨落、它的流动
但更多的还是关心它的流向
这是首要问题，攸关我的生命

不过，大错在前世铸成
命里注定，今生再也无法纠正
从一出生，我就朝着西方飞奔
而沱河的流水，与我背道而驰
浩浩荡荡，一路向东

【作者简介】
柳歌，原名刘兴永，现居河南商丘，代表作有《春天的力量来自内心》等。

两个母亲

洪烛

一个诗人，要么选择长江
要么选择黄河。他需要精神上的继母
一个诗人，一生中既不曾歌颂长江
又不曾赞美黄河，他就不算是
这块土地孕育的诗人。他就是私生子
一个诗人，不管喝长江水还是黄河水
长大的，他永远眷恋乳汁的滋味
他等不到情感上的断奶期
诗歌是最好的童话。一个以婴儿的眼睛
打量世界的诗人，终生敏感而纯洁
我则更为奢侈：前半生选择了长江
后半生又选择了黄河
我是一个儿子，却同时拥有两个母亲

【作者简介】
洪烛，南京人，任职于中国文联出版社，诗人、散文家，出版有诗集《你是一张旧照片》等。

楚玛尔河的满月之夜

楚天舒

“一轮满月深陷一场野蛮的雪”
睁大眼睛
我与大地没有入睡
起舞清影在离天最近的地方
让月光晒干汗湿的衣衫
草尖上露珠敲击土地的一声咳嗽
又挽着秋天走进家门
星垂平野我站在世界孤独的中央
爱着短暂和永恒
摸着石头过河
击打音符跨进全唐诗里
塞外湖边等了千年
今夜 河边依旧不见鸟宿僧敲
倒是那河水的歌声依旧让石头沉醉
倒是那片云的清晰
依旧穿梭在白天和黑夜之间
自由得一点也不需思想

【作者简介】
楚天舒，湖北蕲春人，现居北京，供职于中国诗人俱乐部，出版有诗集《我从天上看人间》等。

黄河

谭五昌

千万条命运的鞭子驱使你
一路由西往东 匍匐前行
在每一个命运的拐弯处
你凝聚起全身的力量
用浑浊、尖锐的嗓音朝天空呐喊
裸露你痛苦而又倔强的心声

千百年来，凝重的黄色成为你脸部经典的表情
你以母亲河的形象
替一个继承了你肤色与灵魂的古老民族
在天地之间勾勒出一幅液态的图腾

【作者简介】
谭五昌，江西永新人，任教于北京师范大学，评论家、诗人，出版有诗集《谭五昌的诗》。

流沙河

傅天虹

河　没有消失
那条源于亘古
穿过高原
流进沙漠的河
在我眼睫下
留下涛声
缓缓移动的船队
和号子
凝成莫高窟的
壁画
仍在震撼我的灵魂

活着
是为了滋润
于是
鸟声不再单纯
心愿飞上蓝天
便有了七彩
一切生命
都是黄土地的馈赠
蒸腾不是痛苦
一颗泪砰然落下
整个大地
都有悠远的回声

【作者简介】
傅天虹，生于南京，汉英双语版《当代诗坛》杂志主编，北师大珠海分校文学院教授，出版有诗集《傅天虹诗存》等。

我走在颍河岸边

周占林

我走在颍河岸边
看许多正在消失的诗情画意
一种疼痛便油然而生
无法解释那些远去的景物
还有蓝天下潺潺的河流
我独自坐在河石上
倾听昨日的呜咽
怀念儿时小河的天真
一个人独自怀念
是一件多么残酷的事情
只有河边的杨柳
青翠如初
沉默是金
可金又是什么
流浪的我无家可归
刺激的气味来自
快要干涸的河床
哭声　从上游而来
有人在风中构筑自己的帐篷
把所有孤独放入
没有鸟声流进我的内心
任阳光走了许久
我走在颍河岸边
也许转弯
便是昨日的恬静

【作者简介】
周占林，中国诗歌学会网站主编，诗人、小说家，已出版诗集《夫妻树》、《你坐在我的对面》等。

第三期 主题·草木

两种温暖

梁小斌

树根已经被劈成柴禾就不能再劈了
劈树根的人先是蹲在树桩上琢磨
我不用火，这树根能否给我第一次的温暖
于是，他开始挥动斧头
树根的浆液却像火星一般溅到他身上
在他的棉袄上燃着
他只得脱去棉袄
而那正爬在地上睡着的长长根须
被斧头惊动后一跃而起
掠过滚动汗珠的白色脊背
他毫不退缩
伸展肢体
把这树根深藏着的温暖源泉全部汲取干净
柴禾，就是树根暖意散尽后的残渣
面对着残渣，
把这不能再劈的树根送给有壁炉的人家
壁炉里的火，
像是被谁修剪过的红绸在悠扬地飘动
令壁炉外的人朝火走去
迎向红绸拂送出来的第二次温暖
他昏昏欲睡
握在手上的书烤热后掉到了地板上
如同沉重的红薯
主人惊醒后在问
这是什么火，
一定已被谁嚼过了
这抽走了叶脉的红枫

【作者简介】

梁小斌，安徽人，曾为工人，朦胧诗派代表之一，出版诗集有《少女军鼓队》（1988）等。

日记

王家新

从一棵茂盛的橡树开始
园丁推着他的锄草机，从一个圆
到另一个更大的来回。
整天我听着这声音，我嗅着
青草被刈去时的新鲜气味，
我呼吸着它，我进入
另一个想象中的花园，那里
青草正吞没着白色的大理石卧雕
青草拂动；这死亡的爱抚
胜于人类的手指。
醒来，锄草机和花园一起荒废
万物服从于更冰冷的意志；
橡子炸裂之后
园丁得到了休息；接着是雪
从我的写作中开始的雪；
大雪永远不能充满一个花园，
却涌上了我的喉咙；
季节轮回到这白茫茫的死。

我爱这雪，这茫然中的颤栗；我忆起
青草呼出的最后一缕气息……

【作者简介】
工家新，生于湖北丹江口，现任教于中国人民大学，著有诗集《游动悬崖》和《王家新的诗》等。

沙漠里的胡杨

周庆荣

为了一种怀念，你站在沙漠。

风沙阵起，尘升尘落，曾经的绿色是永远的梦幻，你站在沙漠，为怀念而立。

为了一种信念，你站在沙漠。

头顶是千年都不会冷却的阳光，身下是比阳光还要燥热的黄沙。你站在沙漠，为信念而立。

红柳和骆驼刺依然摇曳着有限的绿色，你站成一株株枯干，选择悲壮的挺拔，你永远也不是红柳或蜇人的骆驼刺。

你是沙漠里的胡杨，是死了也要再站立千年的胡杨，是倒下千年不腐烂的胡杨。

只有风，只有沙漠风吹奏漫长的乐章，为你伴奏！

【作者简介】
周庆荣，祖籍江苏响水，曾工作于连云港，现居北京，出版有中英文对照散文诗集《我们》等。

那棵芦苇

薛超英

风刮起来
那棵芦苇摇摇晃晃
尽管那样身单力薄
那是春天的细腰在风中的舞蹈

当夏季的火焰势不可挡
刻骨铭心的绿色一泻千里
那棵芦苇是坚硬的
疯长的新芽能刺破千古的明月
那棵芦苇也是柔软的
风雨中她轻盈如燕

生在盐碱滩
长在烂泥塘
野火烧不尽坚实的根系
苦水淹不没飞翔的思想
不奢望长成高贵的大树
也不甘心沦为卑贱的野草

只有这古老的泥土里
才能长出这样鲜活的生命
洁白的芦花摇曳
又一个秋天飞扬起来
灿烂的星空里
一团白炽如昼的火焰燃到天边

【作者简介】
薛超英，生于河北省晋州市，毕业于河北师范大学，供职于公安系统，著有诗集《短歌长吟》等。

禽兽与草木（选段）

王明韵

这些草木，生根开花
随风入梦，又不露声色
群鸟入林，大地上尽是阳光和鸟鸣
风吹草动，万千牛羊含草而卧
这些草木，庇护我，庇护众生
我要把它们，种在花盆里、田埂上
种在外公外婆的坟茔上
种在稿纸上，种在稀有的
睡眠里。即使是在病中
我也要一盆盛开的矢车菊
与我相伴，勉励我疗伤；即使是
面对死亡，我也要手擎玫瑰
把最后一瓣馨香献给亲爱的女孩
即使是一棵微不足道的小草
我也知道，我远比它更加卑微与渺小
让我们放下武器吧，坐在
大树下，坐在草地上、坐在溪水旁
与爱共生，击弦而歌
像蜜蜂一样收起毒刺，采花酿蜜

【作者简介】
王明韵，安徽人，现供职于合肥某杂志社，已出版个人专著10多部。

半山腰的树

何房子

我熟悉这样一棵树 在冬天
山顶的积雪开始掩埋石头
而它躬身于自己的阴影之中
从来没有移动过
起初还是一点伤痛的绿色
后来就成为了
这半山沉默的一部分

我经过时
正是一场大雪之后
寂静而白的山林露出
几根树枝 那其中的一根
把半山腰的树挽留在半空
犹豫 抑止
这晚年的梦境
把我的喧响遗忘在来时的路上

阴影 以及雪下的峭壁
划破黎明 一半被大雪照亮
另一半在一棵树的黑夜前回首
有谁看见了它秘密的成长

【作者简介】
何房子，生于湖北，毕业于西南大学中国新诗研究所，现供职于重庆某报。

送曾飞鸣

小海

从小我对树就充满敬畏
任何一棵超越我们身高的树木
都有主宰
这大地上的灯火
将赤裸着面对天空

无数垂直的枝条
拉扯着
贫穷而不安的
土地
鸟儿飞进去
栖身
躲避着
恐惧和灾难

半透明的瀑布
在我四周爆破
吸引了太阳和月亮
像死者的墓碑
记载着心脏的运动
像北凌河和串肠河的眼睛
满含着光的动静
它是海洋的礼物：
——哑巴巨人

我们陆地上的帝王
杀死了所有的嫔妃 公主
吊死在一棵树上

【作者简介】
小海，江苏人，原名涂海燕，现居苏州，出版有诗集《必须弯腰拔草到午后》等。

阴影中的夹竹桃

西渡

正当时光接近了盛大的夏天
隐隐的雷声安排着一个沉闷的黄昏
没有什么比阴影中的夹竹桃更美！
在艰难的光线中，在雨燕零乱的飞舞中

没有什么比阴影中的夹竹桃更忧郁！
像一个贫血的少女，像惊惶的初潮
在贫穷的城郊，在屋檐的阴影中
纤细的夹竹桃挺起小小的乳房

纤瘦的树枝上是那被称作少女的风吗？
她小小的身体在倾侧，在翻转
——是召唤着暴风雨，还是被暴风雨所召唤
她就是那个在一片叶子上独自跳舞的少女！

愿所有父母不在身边的孩子在雷雨中
得到蔽护！而我愿意蔽护一株夹竹桃
忧郁的夹竹桃呵，没有比你更持久的忠贞
你也渴望出走，在倾盆的雨水中一去不返

可怜的身体不住地抖动，暴风雨
像一个粗暴的男人把她拥入旷野
没有穿鞋的少女！她是被席卷而去
还是义无反顾地投身一个悲怆的命运？

雷雨中独自跳舞的少女！
像淋湿的金币一样闪闪发光，坚贞的夹竹桃
飞舞的长发抽打着越来越赤裸的灵魂
我看见一株夹竹桃在雷雨中逃出了花盆

【作者简介】
西渡，浙江人，现任职于北京某出版社，著有诗集《雪景中的柏拉图》等。

秋天的树木

潇潇

逆着死，我在秋天种下树木
泥土下的躯体，抬起头
请接受一个生者用悲歌和来世忏悔
这个星球，苦难与良心
一步之遥：生和死
是你们塞满了喉咙的哽咽
震裂了这个梦想征服宇宙的偏执时代

让树木的根轻轻地接近
每一次触摸都带着泪水的询问
每一次亲吻都平静地发光
让秋天的树木把人间、地狱、天堂
温暖地抱在一起
抽取绿色的血液包扎人类的伤口
生命扑向死亡却不会终结

【作者简介】
潇潇，20世纪60年代生于四川，现居北京，供职于某网站，出版有诗集《树下的女人与诗歌》等。

第四期 主题·母亲

火炉

人邻

清晨，满屋冰冷。
我们知道炉子没有封好。
粗糙食物的热量也快要耗尽。
屋里传来母亲咳嗽的声音、棉鞋的声音。
我们缩在被窝里，
等母亲劈柴，带着泥土气息的劈柴
噼啪的燃烧声音。
柴的温暖……炭火的温暖。

已经没有那样的炉子了。
没有母亲夜晚放进炉子的灰门，
清晨就会烤熟的土豆，焦黄诱人的馒头。
还有屋里放着的尿盆，
夜里温温的尿味儿。

真的，我知道，
幸福一定是稍稍带着一点儿贫穷的。

【作者简介】
人邻，祖籍河南洛阳老城，现居兰州，主要从事诗歌、散文创作。

母亲的额头

北塔

母亲的额头不高，也不亮
几乎被一绺头发遮盖
如同她星座的光芒
大半生被乌云遮挡

在踏入父权的门槛时
母亲的额头就被门楣
撞出了一个疙瘩
肿块消失后
那种疼痛感依然存在
稍稍一碰
就会像汗水一样冒出来

母亲的额头低了点
但她从不抱怨
也不会用帽子或围巾
去遮遮掩掩

注：吴方言中“额头”喻指“运气”。

【作者简介】
北塔，苏州吴江人，现居北京，供职于中国现代文学馆，专治诗歌、评论与翻译，著有诗集《正在锈蚀的时针》、《石头里的琼浆》等。

母亲十四行

桑克

远离母亲 我们当真以为我们远离母亲?
后园的荒草多么深邃 仙子的恩宠远若星辰
当暮色环合 回家的路湮没于巨大的暗影
我们哭了 我们当真以为我们有一位母亲?

她活在某处 膝下有两个和我们长相酷似的子女
他们将爱享受 而我们在暗中
嫉妒——我们这些被代替的孩子
我们当真以为我们在嫉妒那些不存在的幻影?

她聆听我们的哭诉 她的泪珠超过
这个世界的高度
我们虚幻的母亲伸出温柔的虚幻的手

默默地领取吧
这默默之中究竟有多少人所不知的事物?
艰辛、冷酷、危险、屈辱

【作者简介】
桑克，生于黑龙江，现居哈尔滨，著有诗集《雪的教育》、《海岬上的缆车》等。

回忆母亲（组诗选一）

李笠

回忆，一切就化成梦……
你坐着，端着只空碗
我走向你，你变成椅子
我坐下，俯身，你
变成桌子，毛笔，纸
我写字，你变成
歪歪斜斜的“人”。你
摇头，但没提高嗓门
我放下笔，你变成厨房。我
大口吞咽，你变成
床，我倒头酣睡,你
变成海。我飘游，听见
你在呼喊，像一个
被弃的孩子。孩子是
醒后的我，坐着，在一扇
向异国打开的窗前
写诗，写你说过的话：
宇宙，仅只是一只倒置的空碗

【作者简介】
李笠，生于上海，1988年秋定居瑞典，诗人，翻译家，出版有诗集《时间的重量》等。

八月火焰

李似弘

金色的箔纸
在空中展开　母亲
你在八月的火焰上
为我烧制午餐

一尾吉祥的红鲤
通过盐水
向我们游来
鲜艳的蔬菜
构成我们美丽的年龄

太阳的黑子　是谁的
美人痣　我的母亲
慈悲的容颜
使我的兄弟
化成了雪水

八月的白云　是谁
温暖的手啊　八月
火焰的高度　已经
接近了我的母亲

【作者简介】
李似弘，生于20世纪60年代，现居深圳，大学时开始诗歌创作，出版有诗集《湄上的丁香》。

母亲

赵剑华

你劳动的一生
让我享尽生命中最温暖的部分
唯其劳动
使你一生只作母亲
这崇高而艰辛的职业
在任何一部档案中
找不到属于你的工种
这无职无业的漫长时空
被粗粮野菜养育的儿女
充塞得满满当当
长大后我们依然牢记
你带我们走过的那份贫穷
作为财富
我们受用终生

【作者简介】
赵剑华，1958年生于包头市，出版有个人诗集《钢蓝色》、《都市生存》、《穿越》等5部。

母亲

安琪

每天我都在身上找出不同的母亲
字迹模糊的母亲
允许我用自己擦去你
你总是来去匆匆
牵着你的外孙女我的孩子
有时我看着自己始终搞不明白
家族的细线
如何穿躯而过

【作者简介】
安琪，原名黄江嫔，1969年生于福建，现居北京，著有诗集《极地之境》等。

小小儿的请求

应修人

不能求响雷和闪电底归去，
只愿雨儿不要来了；
不能求雨儿不来，
只愿风儿停停吧！
再不能停停风儿呢，
就请缓和地轻吹；
倘然要决意狂吹呢，
请不要吹到钱塘江以南。
钱塘江以南也不妨，
但不吹到我的家乡；
还不妨吹到我家，
千万请不要吹醒我底妈妈，
——我微笑地睡着的妈妈！
妈妈醒了，
伊底心就会飞到我底船上来，
风浪惊痛了伊底心，
怕一夜伊也不想再睡了。
缩之又缩的这个小小儿的请求，
总该许我了，
天呀？

【作者简介】
应修人，曾参加“五四”运动，我国新诗创作活动的先行者，著名的“湖畔派诗人”之一。

第五期 主题·“4号诗歌坊”首届全国征诗优秀作品专辑

陌生人

张园

我从无数人中间穿行，脚印
又逢着脚印
宽大的、窄小的
在陌生人之间
我不属于任何人，任何地方

我不会给你无谓的惊扰
所有人世间的牵牵绊绊，都被隔离
在陌生世界的两端
我们都无所求
只是静静地看着景物不断的变换

我不会像你，也许会来
也许不会
不会害怕等待，或者追赶不上
我只属于我
向前或转身

美丽也许会停留下来
我也会像所有人一样老去
但我不曾真正靠近你
因为陌生
走到尽头，也察觉不出
我们是否相遇

【作者简介】
张园，1989年生于湖南浏阳，作品见于《中华诗词》等。

春天里，让我们出游

聂振生

阳光已经不必晾在衣架上
露出鸟翅一样干净的天空
云朵的泡沫在时间的顶部
此刻，吻醒一枚花朵
需要用去蜜蜂一个梦的时光
白云在粉刷春天
撑开黄昏
沿着温暖的马蹄寻找遗失的宋朝花香
欢快的车辙沿着梦的边沿前行
天空的蓝和草地的绿
我分不清哪一个更美
被水冲到岸边的月亮多么耀眼
乌云一样的小庙多么神秘
圆月是高处的窗棂
河的下游早已是星星的客栈
月下的溪流一如轻纱
顽皮的月亮敲哑高处的钟声
一支青春的竹笛沉醉于东风
看林人的木屋旁堆满了野兔胆小的脚印
星星垒高梦
如丝的细雨藏在杨柳风里
就等你来寻找
不知何时
我们也会像星星一样被风吹散

【作者简介】
聂振生，山东临沂人，现为教育工作者，作品散见《青年文摘》、《语文报》等报纸和杂志。

小雨

鹰之

这些干净的雨滴没有形状
在不同风向吹拂下，有着不同弧度的弯曲
像一些潦草的笔迹在记忆中飘舞
那些雨丝在下时，地球也在不快不慢地转
像一只只细小的鞭子在抽打着一个笨重的陀螺
而那只平稳的陀螺似乎从来就没有动过
那些雨滴离开天空一路疾行
如一些诗句的影子离开读者越去越远
它们从山峦、树冠、房子、伞上、
人的身体、鞋子攀缘而下
像一些越碾越细的粉沫萎顿进泥土

在泥土里它们像一尾尾的游鱼
绕过若干植物根系与洞穴机警地游向低处
在一个三面环山的村子
它们摩肩接踵着抵达了一个小小的池塘
像一粒经年的种子破土而出，它们有些懵懵懂懂小心翼翼
在没有风的日子
那片池塘就像一只睁大的独眼
安静的注视着星空月亮　有时是薄云后的太阳
那是它们来的方向
我很小的时候就喜欢站在那里发呆
神婆说那个圆形的池塘就是个轮回盘
只是，那池塘在注视天空的时候
天空也在注视着它吗？

【作者简介】
鹰之，原名李帮学，1969年生于山东邹平，现居大连，“立体主义诗歌”发起人。

请别惊动我北方的温柔

张启新

秋凉了，低处一朵花儿
高处星辉斑斓，突如其来
掠走我本刚强的描述
而一些思念微微跳动
一些寂寥泛着蓝光

一朵花，总有她的春天和娇艳
一朵花，总有自己的土壤和水分
一朵花啊，我不愿提及
她卸妆时的隐忍。这一切
像极了我北方的生活

秋凉了，一朵在夜的缝隙里
呻吟、凋零，甚至死亡的花儿
或许会途经三天三夜的暴躁
可是，请别惊动我北方的温柔

如水的温柔，悬在天边
化而为霜，染白
我半生的土壤，含盐的水分
却早已弥漫今夜的凉

【作者简介】
张启新，1985年生于甘肃省静宁县，现任教于静宁县某中学。诗作散见于《散文诗》《飞天》等报纸杂志。

当你老了

向天笑

当你老了，亲爱的
我对你的思念也老了，跑不动了
坐在曾开满荷花的湖边
让它沿着你过去的足迹踽踽独行

当你老了，亲爱的
一事无成的我不敢前来探望你
只能等到中秋，在几十年前的圆月下
再挽着你依旧秀丽的影子散散步

当你老了，亲爱的
我会守在你每个可能的去处
悄悄地看看你，看看你还幸福的模样

然后心满意足地离开
不惊动你,像这几十年一样
想你，但不惊动你

【作者简介】
向天笑，湖北人，现在黄石市从事新闻工作，已出版诗集《隐情诗语》、《孤独的玫瑰》等。

两株挤暖的芦苇

刘炜

我们曾经爱得那么热烈
像冬天两株挤暖的芦苇
恨不得日夜都抱在一起
只是时光的橡皮，它怎么会认定
我就是个错字，在春天之前
那么轻易地把我从你的心上擦去

但我必需要告诉你
橡皮擦去的只是字的表皮
它骨子里的笔画，再过多少年
还是会连在一起，老花镜下
还能一个字一个字地记得真切
就好像是那个冬天
两株抱在一起挤暖的芦苇
仿佛两个孩子，还没学到分离这个词

【作者简介】
刘炜，1964年12月出生，江苏省大丰市人，高中毕业后,投身商海,却20多年如一日执着于诗歌创作。

想起娘

吴开展

日子一个接一个被你双手捧起
炊烟袅袅，庄稼成熟
让我想起生命的最初
你抱着我,以血的乳汁喂养
让我长成你肩上的一株红高粱
金黄，饱满，而今你收获的几亩白发
如村头老槐树的落花
常在异乡的孤梦里
刺痛我的双眸
家乡又该是插秧的日子
是谁在用最质朴的方言同庄稼亲切交谈
是谁从岁月的碾缝中抠粒粒谷物
喂养儿女的幸福
那额上深深浅浅的皱纹里
浓缩你一生的荣与辱
娘啊娘，叫一声娘
叫一声我枯瘦孤独的村庄
和城市对饮

眼泪一滴又是一滴
噙着的全是酸楚和骄傲

【作者简介】
吴开展，1976年生于湖北荆州，2000年南下广东打工，作品散见于《北京文学》、《中国诗人》、《山东文学》等刊物。

牧归的汉字

尹培芳

活在村庄的
羊皮卷里

那些山、树木和杂草
坡地上奔跑的石头
石头一样滚下山坡的羊群
那些骑在石头上
滚下山坡的牧羊人
都是被火烧云的响鞭
撵下山坡的

一个又一个
烧红的汉字
挤攘着、喧哗着
争先恐后
涌进我的诗歌

【作者简介】
尹培芳，1969年6月生，现居云南省德宏傣族景颇族自治州，作品散见于报纸杂志和选本。

第六期 主题·动物

羊

冰峰

在这座城市，我见到的羊
已经被人赶上了餐桌
羊的肉体，散发出诱人的香味

我曾经抱过羊
一只绵善的、长着毛茸茸细毛的羔羊
我的目光对峙着羊的目光
内心，被一种善良征服

于是，我用羊的目光
看着这座城市
看着从我身边闪过的一切

但是就在今天晚上
一张奢侈豪华的餐桌上
羊停止了奔跑
善良，在一张张冒着酒气的大口中
成了一笔肮脏的交易……

我怀念羊
那些目光单纯、善良的动物

【作者简介】
冰峰，本名赵智，包头人，现居北京，出版个人文学作品集6部，主编文学作品集数十部。

黑背鸦之夜

陈东东

忧伤的夜晚黑背鸦直立。有多少夜晚
多少夜晚

我读那些深秋的诗，看黑背鸦起舞
听声音铁片般划破冰层

在它的翼下，那白色的斑点，星光和石头
深水里我触摸初生的鱼

黑背鸦起舞，忧伤直立。那些夜晚
我也去写深秋的诗

有一天，终于越过封冻的河
黑背鸦终于落在我灯下

它亲切，兴奋，像兄弟，离家多年后
突然回还

【作者简介】
陈东东，祖籍苏州吴江，海上诗派成员之一，出版的诗集有《海神的一夜》和《明净的部分》等。

老虎

张后

我们像两匹怪兽
身上长着斑斓的皮毛，据说是稀世之宝

人类到处捕杀我们
只是想成全他们一己之私的爱好

我只有将我们的洞穴捣腾一空
带着所有的物品远走他乡

在京城，我一直梦想着穿件长衫
像人类一样行走在街上

【作者简介】
张后，辽宁人，现居北京，著有《少女和鹰》、《牙齿内的夜色》、《草尖上的蝴蝶》和《梦幻的外套》等。

水缸里的鱼儿

周野

雷声轰鸣，就在窗外
但水缸里的鱼儿悠然如常
仿佛雷声是另一个世界的语言
你也注视着它们的游弋
它们活在你的房间
如同活在你的心海
你似曾想过，让它们
远离人为关怀的水域
活在某个更为自在的地方
让它们经过江河或是湖泊
自自然然地游进心海
但现在它们悠然如常
这使你怀疑，除去真正的水
还有哪个世界是它们想要的

【作者简介】
周野，原籍湖北，现居珠海，早年服役，后学习文艺编导，现为电视纪录片导演。

鸵鸟

唐力

我在动物园里看到它：高大，灰暗
它的脚下是细沙，一小块微型的
沙漠。它几步就可以跨越
这非洲最后的王者，它的疆域不过
几十平方米。它的翎羽凌乱
潮湿。因为此时有雨下来
它看起来更加暗淡。突然，它
张开了翅膀，叉开了
双腿。身体弓起，我们都以为
它将有惊人的举动。一时
驻足观看。却看见它拉下一堆大便
我们纷纷掩鼻而去

一个孤独的王者。它大步行走
拒绝飞翔。在有限的地域
在肮脏、低沉和寂寥中，放慢自己的步履

【作者简介】
唐力，1970年11月生于重庆市大足区，现居北京，诗人，出版有诗集《大地之弦》等。

十只天鹅

宋琳

或许只有一只。变形的天鹅
我在远处它如夜的目光中冥想
天神的气质——
一面不确定的镜子。它不温柔
犹如漠不关心孤悬天边的浮云
在精密测量的仪器发现它以前
游向湖心相似的一群
当我迷惑于这一地区的来历
它已经在那里，暗示一种疼痛
有什么能够在水之外，为它
划定边界？淡紫色的雾中
薰衣草和乳香同样陌生
它甚至是最优雅的，假寐的喷泉！
任黄昏的天平把我的野心称量
（当风把水面吹乱，它也将
无处躲藏）——哦不！
除了那一只乔装打扮的
另外的九只天鹅——为我所爱

【作者简介】
宋琳，福建人，曾求学于上海和巴黎，现居北京，著有诗集《城市人》、《门厅》、《断片与骊歌》、《城墙与落日》等。

鱼儿三部曲（节选）

食指

冷漠的冰层下鱼儿顺水而去，
听不到一声鱼儿痛苦的叹息，
既然得不到一点温暖的阳光，
又怎能迎送生命中绚烂的朝夕？！

现实中没有波浪，
可怎么浴血搏击？
前程呵，远不可测，
又怎么把希望托寄？

鱼儿唯一的的安慰，
便是沉湎于甜蜜的回忆。
让那痛苦和欢欣的眼泪，
再次将淡淡的往事托起。

既不是春潮中追寻的花萼，
也不是骄阳下恬静的安息；
既不是初春的寒风料峭，
也不是仲夏的绿水涟漪。

而是当大自然缠上白色的绷带，
流着鲜血的伤口刚刚合愈。
地面不再有徘徊不定的枯叶，
天上不再挂深情缠绵的寒雨。

它是怎样猛烈地跳跃呵，
为了不失去自由的呼吸；
它是怎样疯狂地反扑呵，
为了不失去鱼儿的利益。

虽然每次反扑总是失败，
虽然每次弹越总是碰壁，
然而勇敢的鱼儿并不死心，
还在积蓄力量作最后的努力。

【作者简介】
食指，原名郭路生，朦胧诗代表之一，出版的诗集有《相信未来》（1988）和《诗探索金库·食指卷》（1998）等。

波斯猫

阿毛

邻居家的波斯猫在楼梯扶手上坐着，
两只眼睛望着我，
两只眼睛——
冰蓝，或者宝石蓝，或者孔雀蓝，
或者变幻成色谱中找不到的一种绿。

这些被我从衣服上爱到诗歌里的颜色，
在别人家的猫眼里。
“喵——喵……”
两粒可爱的钻石陈列在橱窗里……

我并不曾俯身，摘取，或者购买，
但它的利爪抓了我的坤包，
还要来抓我的脸和头发。

正是优雅，或一脸的道德感，
使我们疏于防范。

【作者简介】
阿毛，生于湖北仙桃，现居武汉，出版有诗集《我的时光俪歌》、《变奏》等。

第七期 主题·山

空山松子

余光中

一粒松子落下来
没一点预告
该派谁去接它呢
满地的松针或松根
满坡的乱石或月色
或是过路的风声
说时迟
那时快
一粒松子落下来
被整座空山接住

【作者简介】
余光中，福建永春人，1928年生于南京，抗战时期在四川读中学，1952年在台湾大学外文系毕业，诗人、散文家、翻译家，著译等身。

愚公移山

张况

这位可爱的笨老头
用一种
最笨的办法，长年累月
将自己矮小的智商
搬到哲学的境界里

当所有绝顶聪明的讪笑
都被忧郁的历史轻轻摒弃
人们赫然发现
老者闪光的遗嘱
高于世上
所有的山

【作者简介】
张况，1971年生于广东五华县，诗人、书法家，出版有长篇小说、中短篇小说集、诗集和诗评集15部，书法作品集1部。

山

灵焚

所有的波浪都在心里相撞，帆在疾呼。
一阵一阵骚动，凝聚成大海永恒的向往。

因此你站起来——
以大地为甲板跃上潮峰，万川激情，浇铸成千峰的凝重。

云算什么？太轻。
树算什么？随风招摇。

要站就站在风的中心，我自岿然。

【作者简介】

灵焚，本名林美茂，20世纪60年代生于福建，现居北京，哲学博士，大学教师，已出版散文诗集《情人》和《女神》等。

富士山

田原

我一直在意的是它
在夏末就早早披雪的平顶
那被白云擦得越来越白的峰
竟然没被那么多的目光和赞叹声暖化
那半空中的雪
越披越厚
秋天过后，它
俨然长出一座雪山的风景

我在不懂日语之前
就认识了它，那时
它被俗气地绘在画布上
色彩鲜艳夺目，或逼真生动
我曾握住绘有它的折扇
在夏日扇出过凉丝丝的风

后来，我攀登了它
但却没能抵达它顶上的坑
因此，我常常想
那坑一定像一只挖掉了眼珠的眼
用虚无得抽象的眼神
数百年来一直与天空对望

【作者简介】
由原，1965年生于河南郾城(今漯河市)，现在日本国立东北大学任教，诗人、翻译家。

我刚想朝南山眺望

空夏

我刚听见南山传来呼啸
不提防手下的笔尖
竟带出一匹白马
它飞扬的前蹄
差点把画框撑破

这让我忆起某个雨夜
有个歌者以骑手的身份
箭一般掠过港口

那时候红杜鹃朵朵盛开
他却成为鹰的传说

我刚想朝南山眺望
眼前就涌出约定的竹海
谁正横握洞箫
赤脚踏响云的预言

【作者简介】
空夏，贵州人，本名邹荣柱，出版有诗集《傲视苍茫》，并有作品入选《中国先锋诗人作品选》等。

风过甜草岗

陈泰炎

起舞的小苗，田埂上
不经意间听见了野鸟弹奏的和弦
在五月和天堂之间，隔着一段
怎样漫长的道路。只需要风的丝线
就可以串起滚动的汗珠，就可以抚慰大地的忧伤
满山的甜甘草、党参，无需仔细辨认
就知道是我们的亲人。大地的汗水渗进
我们古铜色的肌肤，几百年都不会褪色
百年，都不会抹去心灵的胎记

【作者简介】
陈泰炎，1963年12月生，笔名满沟酒仙，汉族，现居黑龙江绥芬河肇东市，出版有《为爱流浪》和《感受幸福》等新诗集。

山之窗

白灵

花朵们将早晨温柔地解放
群山好慵懒，波斯猫一样地趴着，嗅着
低下的山凹藏着深邃的眼睛

山顶的那口钟响了
金属的原子们颤抖着，剧烈地颤抖着……
窗棂，以及树枝，也咯咯笑了
吊钟花使出浑身解数，花粉遂缤缤纷纷
钟声将这些连同昨夜思绪，一并带远……

【作者简介】
白灵，本名庄祖煌，原籍福建，生于台北，读的是工科，喜欢的是文学。有诗集《白灵世纪诗选》、诗论集《一首诗的诞生》等多部。

傍晚时分的珠峰

西可

冰雪的眼神
傍晚时分，消失在最后一缕阳光里
无数的大河，波涛汹涌的珠峰
我们，都站在自己的阴影里

如同灯光记住了黑暗
珠穆朗玛山峰给了时间一个高度
2004年7月的最后一天
我记住了珠峰、绒布寺、登山队这些词

【作者简介】
西可，20世纪60年代生于甘肃陇东，现居平凉市，著有诗集《芮河弯弯》、《故垒》等和散文集《谷地》、《我的生活与你无关》等。

第八期 主题·月亮

水中的月亮

严力

阳光很正确
它在沙漠里并不环保
春天很正确
也只是一年的四分之一
长辈很正确
每天都在走向衰老
国家很正确
战争总是发生在它们之间
上帝很正确
没有管理过地球一天

所以我只在
不正确的方向里
甚至相信水中的月亮
因为水
是在地球上

【作者简介】
严力，1954年生于北京,曾任诗刊《一行》主编，现奔波于纽约和上海，诗人、画家、作家。

古城上空的月亮

长岛

古城上空的月亮你比我幸福
多少年代的人和事情
被你一一阅尽。多少年代的风和雨
穿透了花岗岩雕像也不能
叫你飘零——
古城上空的月亮你业已成精

明晃晃的，黑夜中一枚
深埋的铜镜。黑夜中亮了又消隐的星辰
照彻粮食、布匹和一代代人的睡眠
而清光凝立！多少沧海在一瞬间
变成了桑田

我们凡俗的肉身，要多少次锤打才能
坚冷如铁。今夜轮到我
当市声岑寂，钟声塔影濯洗出
古老的檐角屋顶。当晚香玉轻吐幽芳
把最后一盏灯吹熄
古城上空的月亮你又一次
把我照临

在我们深深爱恋后又慢慢松手
在无人的一隅，她房门掩紧的
深色小屋，她黑发深藏的脸模糊不清
泪雨滂沱只被你一人
看见

呵，青天巨蓝溶化了多少
泪水和盐，和我们内心深处
那接近完美的愿望。当我终于看清
一件事物的秘密，一片月光
打在我悲凉的额角上——
漫长的一生也许只是一日，当我终于明白
“生活，如分岔的河流继续进行”

【作者简介】
长岛，1967年10月生于江苏太仓，20世纪80年代中期开始发表诗歌，现居苏州市，诗人、出版人。

空荡荡的夜景下面(选段)

李轻松

来临的路远在天涯 一片荒草般的月色
有一种箫声比水沉重
比脚步沉重 走不过长亭古道
走不过漆黑的忧郁
眸子宝石 像眩美的星空
我仰望过这样的美 美得令人心痛
美人蕉从火里开到灰烬
使我不敢与之对视，抚摸，不敢
将深夜里的手放回身体之中
鹬蚌一直在相争 倾压 你死我活的战争
从一开始就注定了必死的命运
我的眼里含住了一粒沙子
一直在疼，一直到把我的双眼刺瞎
交绕着双臂 泪潮一层层地涌来
淡蓝的星球下流着一条著名的河
一些无名的花被揉碎 一张疲倦的脸
在夜里露出惶恐与焦虑
我水银般的笑容
是纯粹的中国的丝绸
我翻飞的五指
是虚张的兰花指
从京戏的唱腔里 从女人的刺绣里
找到了永恒的姿势

【作者简介】
李轻松，生于20世纪60年代，辽宁锦州人，毕业于中央戏剧学院，已出版诗集《轻松的倾诉》、《垂落之姿》以及长篇小说和电影剧本多部。

弯曲的月光

秦巴子

空中的利刃，比挥舞更寒冷
弯曲的月亮挂在树上
让我听见了蟋蟀的苍凉

深秋的山冈被削得更低
月下的土地
把夜岚牧向远方的河流

谁在敲门？推窗见霜
只有亡灵在影子里彷徨
我慢慢走回自己的心脏

需要拿出最后的勇气
才能拾起床下的一片月光

【作者简介】
秦巴子，现居西安，出版有诗集《立体交叉》、随笔集《时尚杂志》等。

从“月亮”一词开始的诗

孙文波

月亮。中秋的抒情……又开始了……
弄影之人在树梢已发黄的树下，离别之人
在临河大宅的玻璃阳台——望，轻云飘飞，
望，长河星稀——内心的翻涌不是海，
是五味瓶；是一词穿过千年，带出的全是血
——典，还要用么？谜，还要猜么？不都是
旧而又旧的老套路，没一点新意——
只是如果写，还得旧瓶装新酒，一两是糊涂，
二两是迷惘，到了三两，就是泪水落下衣襟，
孤独地面对一个我了。就是想象
自己走在暗路上，看不见前景，没有柳暗花也不明。
杜甫说：艰难苦恨繁霜鬓。是啊！社会广大，人如
蝼蚁；苍茫、沙暴、浊水。都是重重一击。
我血肉之躯的幻梦，不过是乌托邦，
不过是海市蜃楼，不过是旧景回荡在脑海里；
樟树、清溪、小庙、绿门帘。都算什么？
能算月亮吗？这样的阴晴圆缺，这样的永恒图景
——锥心——它使人键盘轻点，一行行文字显形；
再一次走在语言铺就的不归路上——
这是“我有迷魂招不得”。只有它能营造
一个绝对世界，让我写：壮年心事如破云。

【作者简介】
孙文波，成都人，现居北京，出版的诗集有《诗四十九首》、《地图上的旅行》等。

古老的天空上新月在起舞

赵红尘

古老的天空上新月在起舞
因为看穿了黑暗，新月不得不起舞
它的命根在云层中通过琴音的交织
远离故土，独自承受完满的战栗

它的斜对面是永劫与永生的角斗场
千万只饥饿的手从这里强行向天空摸索
仿佛星星就是钻石，新月就是黄金
（星星不得不消逝，新月不得不起舞）

啊，如果起舞的不是新月而是星星
不是星星而是从星星的弹孔中逃出的云朵
甚至不是云朵而是比云朵更轻的东西

那么换一个人来写这首诗
换一首诗来约束这个闪光的人
其结果都小于零

【作者简介】
赵红尘，广东茂名人，有诗集《公开的情诗》、《未来的情人》、《新娘寓言》、《酒神醉了》、《自转》、《理想诗篇》等。

月色

爱斐儿

晚些时候，我会将它高悬
一些寻常旧事物。我抬头
只是觉得月亮好看，且有隐约山峦
此刻，夜色微凉或者冷
对于踏遍尘世的人，不仅仅是一阵风
亲吻了一下林梢

碧桃花已沦落成泥
小小的青涩藏身月下。而蛙声
从小月河托起更多的水清气
不只是经过的人，想起了家乡
掐断了一只冒出新芽的芦苇

月色喜爱朦胧，我更爱内心清澈
它照见对岸新割过的草地，在清晨
刚刚邂逅过死。痛一次
其实就是重生一次

【作者简介】
爱斐儿，本名王慧琴，祖籍河南许昌，现居北京，供职于某医院，2004年出版诗集《燃烧的冰》。

中国的月亮

周道模

从喜马拉雅山起床
流浪在汉语的天空
你用雪光抚慰黄河长江
在杜康的情怀里醉了
你干脆跳进李白的诗歌
哪怕玉体裸露酒香
塞北的梅朵
江南的竹影
是你在醉舞书法的墨香
你说你太空旷
我给你移栽一棵桂花树
让地球沐浴神州的芬芳
你说你太孤寂
我给你移民嫦娥和吴刚
让世界仰望华人的幻想
你说你要出国
我给你发射嫦娥一号
请用你雪亮的心魂
去抚慰人类的幼稚和梦想

【作者简介】
周道模，四川人，世界诗人大会中国办事处副秘书长，出版有诗集《灵魂的歌唱》和汉英对照诗集《同一个村庄》等。

第九期 主题·雪

落雪的夜

牛汉

北方
落雪的夜里
一个伴伙
给我送来一包木炭
他知道我寒冷，我贫穷
我没有火

祖国啊
你是不是也寒冷？
我可以把自己当作一束木炭
燃烧起来……

【作者简介】
牛汉，原名史成汉，七月派代表诗人，出版的诗集有《彩色的生活》（1951）等。

温热的语言 冻僵了

皇泯

初夏 下了一场罕见的雪

一张过期的报纸 登载了阿尔卑斯山的十一月 那里常年冰冻 那里的季节冻不僵
七个小矮人 住在童话王国里 雪被 覆盖着温暖的回忆
始终想不到 一场雪 一直下到流汗的夏天

别 别让季节错位
温热的语言 冻僵了 失踪的听觉 不知道燥热的汗珠也会凝成雪

雪被上笨拙的印纹 签盖了半辈子的纪念戳
一封来不及贴邮票的信 封存着阿尔卑斯山的雪

【作者简介】
皇泯，本名冯明德，湖南益阳人，著有散文诗集《四重奏》、《散文诗日记》、《一种过程》和诗集《双臂交叉》等。

凝望雪的傅琼

侯马

雪沿着时间的缝隙飘落 没有声音
傅琼站在小泥屋门口 站在雪中

雪踮脚尖沿着电线沿着树枝
沿着田野 把道路踩肿了

傅琼把一片雪化接在手中
许多雪花把傅琼抱在怀里

这时候 雪光取代了天光波光
甚至傅琼在小泥屋点的烛光

可是 你把万籁怎样
也不能遮住傅琼明亮的双眸

于是傅琼向雪凝望 同时
雪也摆出同样的冷漠朝傅琼凝望

她们互相估量互相仇视 甚至爱慕
两种温柔的对视

【作者简介】
侯马，山西人，现居北京，从事公安工作，出版的诗集有《金别针》（合集）、《顺便吻一下》（1999）。

夜晚降雪

简宁

这是再也望不见星辰的天空，雪落下来
仍然是白的，像棉花擦拭着云层
仍然静悄悄，像记忆
和月光，雪带来了森林辽阔的喘息

也带来了海鸥啼鸣在波涛之上
激越的回声，充盈在胖墩墩雪人的梦里
人们给他点燃香烟，戴上帽子和眼睛
在欢叫喧嚷之外，他怀念着一双遗失的暖鞋

十只赤裸的脚趾像闪闪发亮的
红萝卜头，在深夜的乡村田野
走向储满日光和炉火的仓库
雪吱吱叫着，记下这突然、玄秘的文字

【作者简介】
简宁，原名叶流传，安徽潜山县人，现居北京，出版的诗集有《倾听阳光》（1990）、《天真》等。

一月之诗

阿休

一月喜欢搂着风在寒冷中散步。之后
就窜上光秃秃的墙头，像游子归家一样
东张西望。面对新一年，急不可耐地跑起来

一只脚还站在阴历的风雪里，另一只脚
就踏进了阳历的光芒之中。枝头上
无数迷人的小眼睛，正闪着辉光

2009年的一月啊，其实就是一口诱人的洪钟
只是那钟声一直被风雪淹没着
暂时还未冲出暴风雪的围困

【作者简介】
阿休，本名李秀文，辽宁省葫芦岛市人，出版诗集有《心灵之歌》、《茂盛的情感》、《真情流露》和《西渤海之爱》等。

小雪

汪剑钊

气象预报，小雪，
仿佛一个失约的情人，
在阳光下消失。
北方的风，呜呜发出
最后一次秋声，
雪，落在你所在的城市。
电话孔，鹅毛的声音
怯生生地拨弄我的眼睑，
昨夜未能完成的情欲，血液
沸腾成一盏灯，水化
一段分行的文字，再缀上
好听的韵脚，调整
思念的慢节奏，从视觉
渗透听觉……冬天算什么，
轮回的一个季节。
雪花，放肆地飘下来，
躺在掌心，安静
又柔软地融化——
我们的体温……

【作者简介】
汪剑钊，生于浙江省湖州市，现居北京，诗人、学者、翻译家，译著有《曼杰施塔姆诗全集》等。

雪

潘维

一个现在，一堵墙碰到了冬天
好似电车司机的刹车一抖
就将乘客扔在了南方：从乱的静谧中
当歪歪扭扭的雪花穿行于房舍之间
单纯得犹如丝绸之府的蚕蛹
我的头盖突然掀开，思想瓦片般
被白色的寒冷所抽去，我只感到
我的健康，我的视野，一片空白

堕落到灰沉沉背脊下的年龄
从翻卷的衣领口冒出，像一只鸟巢
未发育成熟，鲜活的土粒就已枯萎
愿我宽恕上帝，他制定的这幕戏剧
虽平庸，却没有挽回的余地
在衰老与我之间还未画上等号之前
我将自己从镜子的平面里凸出
并出门，去寻找细节和机会

床与钥匙在寂寞中更冷了
地狱因为贫穷也变得无用
收税人的皮靴在漫天大雪中前后移动
像分不清输赢的两只戒指，拖着
泥泞，也许是一连串阴郁的脏话

【作者简介】
潘维，祖籍浙北湖州，现居杭州，诗集有《不设防的孤寂》、《太湖龙镜》和《潘维诗选50首》等。

雪夜

庞培

雪夜里我送走的是谁？
那抛撒一地的白玫瑰！
天亮时终于找到御寒的一间小屋，
那心心相印的女子，她是谁？
那夜风中无怨无悔的白雪
吹到我的脸上，吹走我的姓名。
当我为寻她而走进人群，远离了家乡
我只剩下一张陌生人的面孔，
在夜间车轮的铿锵声中。
那去年的冷冷清清的吻，在路灯下飞旋
那少女不谙世事的指尖，懂得了感激
那大雪中的拥抱，
退缩到大雪中，
退缩进晶莹的雪花和雪堆里，
退缩进黑暗的墙角。
是谁教会了她，美丽惊恐的目光？
是谁抑制了她，天亮前的温柔？
怜悯的雪片扑打在黑夜的窗前，
像人一般厮咬，疯狂
哦，是哪一年？在哪儿？

【作者简介】
庞培，本名王方，江苏省江阴市人，代表作有《低语》、《黑暗中的晕眩》、《帕米尔花》等。

第十期 主题·科学

地铁

郭曰方

从五千年的历史隧道里
呼啸而出 车轮与铁轨
一路上谈笑风生
想不到 钢与铁的交谈
竟也如此 充满柔情

一座站台
一道风景
整个世界 都在这里驻足
那些白皮肤的 黑皮肤的
黄皮肤的 眼睛
在温柔的灯光下
默默地 传递着友谊
人与人的距离 原本就该
这样亲密 这样接近
在狭小的空间 并肩而立
伴随着钢铁的轰鸣
让我们一起穿越
把仇恨 战争和贫困
甩在身后

【作者简介】
郭曰方，河南原阳人，郑州大学中文系毕业，曾供职于中国科学报社，出版有诗集《精彩人生》等。

树之祭

何腾江

是一幅凋谢的风景画
嵌钉在土地的挂历上
是一枚凝重的惊叹号
抒写在诗人的诗篇里

曾经的葱茏蓬勃
曾经的欢言笑语
都已随风而去
消失在历史的记事本上

千疮百孔的躯干
向人们展示着——
岁月的沧桑
生命的传奇
现代人的悲哀
我用苍白无力的诗歌
祭祀你——枯树

【作者简介】
何腾江，儿童文学作家，1981年9月生于雷州半岛，现供职于广东《中山日报》。

行星咏叹

贾一鹏

我是一颗孤独的行星
不会发光只有寂寞
没有流星的动人传说
没有恒星那般闪烁
只在太阳隐去的时候
我才伴着月色出没
我静静地沉默
远远地反射着光芒

在宇宙中
没有星座愿意接纳我
我想划落——
渴望在一瞬间留下些什么
但又太过懦弱
我想燃烧自己照亮大地
却又因为宇宙无限黑暗
而身不由己
天——亮了
我——不得不死去

【作者简介】
贾一鹏，北京人，生于1981年，法学硕士，九三学社社员，九三学社中央科普委员会委员。现为北京某律师事务所主任。1996年起陆续在报刊杂志上发表散文、诗歌，著有诗集《四重山集》。

我与一本书

许向阳

那是一个荒年
荒唐的风燃起了荒唐的火
焚烧着人类的精神食粮
逃窜的文字灰烬
在荒原上奔走呼号
我是被放逐的
于那片人迹罕至的荒漠
我的一切都因饥渴而死
只有肉体还活着
被通缉的那本封皮残缺的余毒
流落到荒地的一隅
于我的残骸上
萌生了一株不死的青蒿
我奇迹般地回生了
虚掩的瞳孔 启开了
一片绿色的向往
我爱上这里了
我扎根这里了
烈日栖身于我的脊背
双腿深陷在泥土里
身体站成了大地上
最忠实的植物

【作者简介】
许向阳，现居北京，供职于中国科学技术协会。

地铁是本书

王明东

地铁是本书
书名是线路
里程是页码
地名是目录

轨道是索引
站台是插图
枢纽是章节
车厢是词组

地铁一本书
乘客是字符
行驶是阅读
书名是幸福

【作者简介】
王明东，现居北京，供职于科学普及出版社。

第十一期 主题·春天

颐和园

苏青

这里是冰的世界
这里是兽的乐园
尽情地作乐
要吃 有酒宴
要喝　有人血
石狮子也张开了大嘴
（那是不能忘却的冬季）

这里是花的世界
这里是人的乐园
尽情地欢乐
林中 有恋人的细语
花间 有童翁的笑脸
铁麒麟也起舞翩翩
(这是应该珍惜的春天)

【作者简介】
苏青，湖南长沙人，现居北京，供职于科学普及出版社，20世纪80年代开始写诗，曾出版各类作品多部。

清明祭辞

舒洁

不是我，是风，是清明
母亲，我心怀无尽的疑惑，亲吻一捧新土

梦里的那扇门再次对我关闭
母亲，我是人子，也是人父
在南蒙没有绿色的春天，我也没有花束
我只能把这血红的祭辞给你
在我无比珍重的一条血脉的中游
我守着岸，母亲，你守着寂灭
午夜一样安静

【作者简介】
舒洁，蒙古族，本名特尼贡，籍贯内蒙古赤峰市，20世纪80年代开始写诗，现居北京。

桃花

王韵华

你这大众情人
看一眼便怀孕了
可谁能享用这带血的芬芳
在我出门的日子
你可否等过三月
等过谄媚的流水与月光
也许你仅仅属于春天
但你却不能出嫁呵
很多的梦还是一片荒凉
心碎的时候
我无力靠近你
春风簇拥下的笑脸
隔着岁月守候的红墙
我无法抽出你袭人的哀愁　甚至
掬不起你坠地成泥的承诺
当春天泛滥的时候
所有私奔的人打着桃花灯笼
踏上不归的夜晚

【作者简介】
王韵华，笔名化雨，河南南阳人，供职于政府机关，出版有诗集《王韵华诗集》、《岁月风铃》等。

想起日喀则的春天，想起喜马拉雅

贺中

他们都没有看见：你安详地走过街道
把头搁在高处，认真地体会——
我想起日喀则的春天，一种
心情悄然而临，这让我奇怪
这就像我的两只小鸟，拖着蓝色身体
从上飞到下，已经没有树枝可供他们栖息了
有一段日子，我躺向荒漠
喜马拉雅谷地一片宁静
我等一位姑娘来到：那儿的水实在令人留恋
一群羊，和一个会唱歌的牧人
从中午开始，就目不转睛地观察我
我重新躺好，我伸展思维，能听到昆虫行走的声音
草地啊——大片阳光下，雪峰闪着银色
我知道我返回了，悠悠的风笛掠拂耳际
时间被流放到了山的另一面
我们的车队被放在了时间的另一面
微凉的风中，芬芳的味道开始弥漫
我看见他们走远，他们古怪的神情无法猜测
我的狗正用力望着落日尽头，我顷刻
睡入了一只羚羊：这是下午八时三十分零三秒
我梦见日喀则的春天正漫长，高处的
头颅一无所顾：两只蓝鸟飞越了天空
赴约的人还未到达，我只是
把触角伸入大地，留下一堆清脆余响

【作者简介】
贺中，20世纪60年代生于甘肃，1985年进藏，创办《西藏旅游》画报、《西藏风情》杂志，著有诗集《群山之中》、《西藏之书》。

走春

杨涛

残年岁去淹重九，
好雪凌枝抱野梅。
万里春风何处起，
千家儿女几人回？
香浓胙肉朦胧月，
苦楚情思百丈桅。
总恨忽然春是也，
离人身瘦客花肥。

【作者简介】
杨涛，网名河北羚羊，1964年生，河北邯郸人。

阳光抚摸的心情

野宾

小笋冒出嫩尖诱发你的想象
绿色的风光裹不住童年和青年的浪漫
扯一捆小笋拴在离故乡不远的心房
现实不曾遥望的远方，总在梦里神往
阳光像温柔的手，把野趣交给湘南
或者湘西的心脏，所有的风景因此升温
向外扩散，女人越过广场
浸润你的肺和心脏，四月的天
总挟着阳光轻轻漫过山峦，
把疲惫扔给远方

【作者简介】
野宾，本名李国定，湖南郴州人，著有诗集《天涯情》、《双弹簧》（与北塔合集）和《野宾短诗选》以及游记《飞得比大地更低》等。

打开春天的时候

语伞

打开春天的时候
最好把我放进一颗露珠里
被水锁住　却不孤单
我需要整理漫长的思绪
从风的背面　把脚踝上的伤痕
全部抚平

春天已经不琐碎了
借着阳光的反射　聚拢
一只蝶和一朵花
你就会看到
春天　已经在我的眼眶里
幸福地挣扎

【作者简介】
语伞，本名巫春玉，生于四川，现居上海，出版有散文诗集《假如庄子重返人间》。

春天

沈苇

我在镜子里看见春天，
以及春天之前的春天
那遥远的传统之父和虚幻之母
一切仅仅是摹仿，
一切仅仅是重现
就像镜子对世界的效忠，
它用记忆说话
一种寂静的咆哮，
永远逃脱不了
镜子的囚禁。
——它吃下时间的灰烬
吐出新枝绿叶，
仅仅是又一次故技重演

【作者简介】
沈苇，1965年生于浙江湖州，1988年到新疆，出版有诗集《新疆诗章》、散文集《新疆词典》。

第十二期 主题·端午节

雷电颂（话剧《屈原》节选）

郭沫若

雷!你那轰隆隆的，
是你车轮子滚动的声音?
你把我载着拖到洞庭湖的边上去，
拖到长江的边上去，
拖到东海的边上去呀!
我要看那滚滚的波涛，
我要听那鞺鞺鞳鞳的咆哮，
我要漂流到那没有阴谋、没有污秽、
没有自私自利的没有人的小岛上去呀!
我要和着你，和着你的声音，和着那茫茫的大海，
一同跳进那没有边际的没有限制的自由里去!

啊，电!你这宇宙中最犀利的剑呀!
我的长剑是被人拔去了，
但是你，你能拔去我有形的长剑，
你不能拔去我无形的长剑呀。
电，你这宇宙中的剑，也正是，我心中的剑。
你劈吧，劈吧，劈吧!
把这比铁还坚固的黑暗，劈开，劈开，劈开!
虽然你劈它如同劈水一样，
你抽掉了，它又合拢了来，
但至少你能使那光明得到暂时的一瞬的显现，
哦，那多么灿烂的、多么炫目的光明呀!

【作者简介】
郭沫若，原名郭开贞，生于四川乐山，诗人、剧作家、历史学家、古文字学家、翻译家、革命活动家，著有诗集《女神》和历史剧《屈原》等。

凭我一哭——岂能为屈原招魂？

余光中

为何在末日的前夕啊，偏偏，你坚决
要独立阻挡崩溃的岁月？
直到你飞扬的衣袖变成
起伏的狂涛，你的乱发
变成逆流惊啸的水草
终于你发现自己顽抗的
用绝望的手势妄想抵挡的
不是岁月，是整条江河
你顶撞高潮，推的太猛了
把整条汨罗的来势汹汹
竟举过你高傲的额顶
举过你孤高的额顶
在忧愤纵横的额纹上
裹一条水殇的白头巾
把一个凄漓的情意结
年去年来结成了五月
不甘的英灵啊，今年的五月
该去怎样的逆流滔滔
怎样呼啸的漩涡里寻找
寻找你呢？当三峡危倾
洞庭萎缩，长江浑沌
不洁的泽国何处可容身？
当一只冰凉的粽子
把端午的喉头哽住
就凭我，以宋玉之哭
真能够盖过举国之笑
为你的离骚一路招魂？

【作者简介】
余光中，诗人、评论家、翻译家，福建永春人，生于南京，现居台湾，著译等身。

我和屈原同一个DNA——长诗《屈原颂》（节选）

屈金星

你投江的刹那，
激起中华民族永远的悲壮。
你流放的岁月，
铸造中国诗魂傲岸的脊梁。

你让诗歌，
成为中国美丽的宗教。
你使美政，
成为人类永恒的理想。

除了你，
谁用鲜血控诉肮脏？！
除了你，
谁用生命指明方向？！

我和你同一个DNA，
下同子孙，上同炎黄。
我和《楚辞》同一个血脉，
上联长江，下通太平洋。

当我拨亮辞赋的天眼，
魑魅魍魉何处躲藏？！
当我高扬诗歌的大纛，
中国精神四射光芒！

【作者简介】
屈金星，屈原后裔，诗人、辞赋家、策划人、媒体人，参与过奥运会、世博会、亚运会相关的文化策划，出版有两本专著。

谁说我的祖国没有史诗？——长诗《屈原》（节选）

洪烛

谁说我的祖国没有荷马？
屈原的湘夫人比海伦还美
奥林匹斯山的诸神太远，我有我的云中君
他心中的神山叫昆仑："登昆仑兮食玉英……"
郢都，玉碎宫倾的城市，和特洛伊一样蒙受耻辱
和荷马不一样的是，屈原
自始至终都站在失败者一边

作为战败国的诗人，身边没有一兵一卒
只剩下一柄佩剑：宁愿让它为自己陪葬
也不能留给敌人，当作炫耀的战利品
不，是他本人在殉葬啊
为了保住楚国最后的武器

谁说我的祖国没有史诗？
《离骚》是用血写下的
虽然我的诗人不是胜利者，他投身于水国
也拒绝向强敌屈膝。一个人的抵抗
比一个国家的命运还要持久
如今已两千多年了
他还没有放下手中的剑

【作者简介】
洪烛，原名王军，1967年生于南京，1985年保送武汉大学，现居北京，著有诗集《西域》和散文集《北京往事》等。

屈原传奇（节选）

程维

屈原先生留着长须
他已经几千岁了他的胡须也该有几千米
我们沿着他的胡须
路漫漫其修远兮
如同在下巴般光滑的峭壁上
拽住一根根绳子
翻过用胡须线装的《楚辞》
涉过那条江
就可以找到一部生满青苔的
历史

【作者简介】
程维，生于1962年，大学毕业，现居江西南昌市，诗人、画家，出版著作有《他风景》等。

要来就来水里看我（节选）

吕游

我是住在水里的 多少年来
熟悉了水里的生活 熟悉了水底的安静
我能把水当做无 河床就是深谷
我已习惯长出鳞片 习惯用腮呼吸
喜欢吐泡泡 让语言浮到水面就破碎
不要让岸上的人看到

如果你想来 就来水里看我吧

只是 千万别跟我讲这里的水质太差 太闷
我已经习惯在污浊里生活 别让我清醒
别逼我再死一回 重新回到岸上 回到历史的真实

【作者简介】
吕游，原名吕宏友，生于20世纪70年代，河北沧县人，至今已创作诗歌1万余首，已发表小小说、诗歌、散文300余篇。

三闾大夫（节选）

原上草

阳光迷醉在楚国的天空
朝野上下星光灿烂，颂歌如潮
鹰犬们忙于离间，新王的宫殿建在云端
大臣们一派晕眩
旧王在遥远的秦国死里逃生

在楚国的土地上，唯有三闾大夫
要用剑缝合大地的裂痕
一柄高举的青铜剑
在浩浩的楚国是那么的孤立无援
你将锋利剑刃，刺向蓝天
刺得内心无边隐痛

【作者简介】
原上草，原名赵元文，甘肃武都人，现居青海省海北藏族自治州，著有诗集《苦旅》、文学评论集《文学杂谈》、小说散文集《低处的雪光》等。

端午祭

伊甸

春天坐在箬叶上
缓缓潜入江中。鲲面南而坐
所有的鱼、石头和荇草
穿越水面的淡蓝色阳光
一齐俯首称臣

擂响羊皮鼓吧
死亡的庆典，复活的庆典
龙在空中舞得多么疯狂

两千年未曾干涸的一颗泪水
在穹顶闪耀
多么沉重啊，我的一根羽毛坠落
山脉耸起
山脉在不断耸起

我的岸后退
我滔滔的江水历尽劫数

失去马匹、弓箭和虎头盾
我以歌声为马，为弓，为箭，为盾
我听见水底的呼应
听见时间的铁块被水流撕碎
那种又尖又钝的声响
震惊我整整一生

【作者简介】
伊甸，原名曹富强，浙江海宁人，现任教于嘉兴学院。

汨罗江情思

家雄

你是以何种方式离去的
民谣便以何种方式诞生流传

国土的沦丧不能使你悬梁自尽
一块石头就能使你沉入江心吗

那群浮动的鱼类
那些折帆沉舸的水手
拼命挣扎着冒出水面
讲述着目睹的一切情景

而你实在是一个谜
供人翻读了几千年
悟不出汨罗江底究竟有什么风景

把一代一代的泪水
一代一代的疑问
留给一代一代的后人吧

端午时节汨罗江畔
天又要下雨
即将上涨的潮水
是你年年不绝的回首
已经看到你
却不能伸手相握

【作者简介】
家雄，原名徐善庚，生长于江苏溧阳市，现居无锡，著有诗集《灵魂诗选》和《天堂边缘》等。

第十三期 主题·加拿大专辑

树

让·鲁瓦耶（加拿大）
曹丹 宫林林 译

风和叶子遥远的嘈杂
命名着眼睛的走廊。
像古代的人用手呼吸。

“4号诗歌坊”学术顾问点评：

风吹叶子，尽管隔得较远，声音有点大、有点杂，因为远，所以目光如同长廊。诗人的思维方式是原创的，带有命名性和新鲜感，如同刚刚学会语言的祖先。他们的各个器官是互通的，连手都能用来呼吸。

【作者简介】

让·鲁瓦耶（Jean Royer）生于1938年，现居蒙特利尔，诗人、散文家、文学史家，写过关于李清照的专文，已出版近20部著作。

地球上的情人

安德烈·鲁瓦（加拿大）
程依荣 译

地球上面才有情人，
而圆形的地球并不适宜生存。
为了享受生活的美满，
生命有时太长，有时太短。
而用词准确，已刻不容缓。
被苍穹诸神所威慑，
我要为他人写作。
愿所有人持之以恒，
爱一切人，因为我并非完人。

“4号诗歌坊”学术顾问点评：

有情人都愿天长地久，天或许能长，地却未必能久。地球是我们的家园，也是我们的篱藩，地球人当然也有自身的局限。谁能像神那样永生、永爱？而人偏偏要向神靠齐。也许，突破局限的最好方式是突破个体，不仅仅爱一个人，更要爱一切人。

【作者简介】

安德烈·鲁瓦（André Roy,），作家、诗人、电影评论家，法语诗刊《港湾》*(Estuaire)*编委，已出版诗集20多部，多次获奖。

泉水

让・古伊・皮隆（加拿大）
程依荣 译

你是谁
蚕丝或地球仪
冲凉的泉水或疯狂的记忆
我惊愕的手
或我刻意的追求

是蓝色大理石或幽灵
夜莺或我的女人

可是，我爱的女人又是谁

潺潺泉水也不能抑制
我对玫瑰的一片相思

【作者简介】
让·古伊·皮隆（Jean-Guy Pilon），加拿大诗人，著有诗集《夏天的修道院》和《被挡住的水》等。

冬天

雅克·兰谷赫（加拿大）
傅杰 译

冬天从来不是下等的
季节，从来没有让步

隔门邻居的魅力，它
守护疲倦的森林，赶

老熊和海狸回家，冰
哺育着冰，悄悄磨亮

蓝天明晃晃的刀，冬天
不是季节，它君临天下

风是它的臣仆，为它修剪着指甲

“4号诗歌坊”学术顾问点评：

季节之分好坏与上下，完全在于人们的不同感受，一般人都喜欢春，也有不少人喜欢夏、秋，但很少人喜欢冬，跟其他三个季节相比，冬天似乎是低等的。而对于北方国家加拿大的人来说，冬天是他们一半甚至更多的时间，所以他们对冬天的感受更深切。诗人对冬天近乎赞美，因为冬天意味着力量和威严，连风（寒冬的大风）也甘当其奴仆。也许，正是很多人消受不了甚至害怕其力量和威严，才不喜欢它甚至贬低它。

【作者简介】

雅克·兰谷赫（Jacques Rancourt），1946年生，目前在蒙特利尔和巴黎两地居住、生活，有诗作被翻译成多国语言。

深处

皮埃尔·莫朗西（加拿大）
程依荣 译

在我心灵深处言辞已经沉睡
调色板干了没有色也没有气味

在我心灵深处言辞已经沉睡
像一处干涸的泉源不再有水

死去的言辞躺在我心灵深处
像一名受伤的孩童沉默不语

在我心灵深处言辞已被击毙
可是这痛苦我能埋在心里

【作者简介】
皮埃尔·莫朗西（Pierre Morency），诗人、剧作家、诗歌活动家，著有诗集《出生地》、《如奔腾的急流》和《个人的作用》等。

为了活着

米歇尔·马多（加拿大）
宫林林 译

沿着寂静之路
我们是路的守护者
那只手是否该抹去
世界的噪音
好让人们听见
天空的寂静
它有着清晨的温柔
当人们摇着梦境
从黑夜里出走

只听到我的手
在纸上
它看见眼睛看不到的
听见耳朵听不出的

就让 就让你的手
告诉你怎样活着
在纸的寂静之中把手敞开

“4号诗歌坊”学术顾问点评：

也许传统与现代的最大区别是手工与机械，艺术家是依然从事手工劳动的人，在机械文明主导的现代社会中，他们无疑是另类。如果说机械意味着嘈杂，那么手工意味着安静。艺术家的工作前提是“抹去世界的噪音”，他们的工作状态则是在“寂静之中把手敞开”。

【作者简介】

米歇尔·马多（Michel Madore），1949年出生于加拿大，画家、雕塑家、诗人，2008年曾在上海举办“记忆褶皱”个人画展。

迷宫

加里·克朗（加拿大）

树才 译

我捡拾并不存在的拼图板的那些碎片
我的生命试图从中找到形式，星球陨灭之后
除了恐惧，无物呈现
黑夜，人们相信远处能见到微光
但这只是幻觉，一条河不知流往何方

人们相信捏紧了稻草
人们想找到梦的钥匙
但这只是一位嘲笑之神掷向我们眼睛的粉尘

所有这些词存在，人们不知道它们折射着什么
就像人们刚要起锚、扯帆
而船已经滑向一个不知名字的港口

什么是这源头，没有一条船舞蹈

我捡拾并不存在的拼图板的那些碎片
黑夜，人们相信远处能见到微光
但这只是幻觉

没有人能走出迷宫

“4号诗歌坊”学术顾问点评：

迷宫之所以“迷”，是因为我们不知道它的构造、路径或者说内部的一切，只知道它的复杂、多变，有时候，我们自己以为了解了它，找到了出入的路径，但实际上那只是自以为是，是幻觉。整首诗意象纷繁而跳跃，而且意象间关系迷离，字里行间充满着不定感和断裂性，文本本身就是一个词语的迷宫。

【作者简介】

加里·克朗（Gary Klang），1941年生于海地，1973年获法国索邦大学文学博士学位，旋即移居加拿大，著有诗集等约15种。

无人见证

露伊·杜博磊（加拿大）
北塔 译

你意识到
当人们齐声晚祷
所有果园都一个模样
树木、花朵以及蓝光
都在你的肩膀上
当你开始私密写作
举世几乎都在
沉睡。

你站在那里，没有人替你作证，
直到
你不得不推迟。
你用无云无礼的天空
怀抱孤独。

“1号诗歌坊”学术顾问点评：

诗歌写作是孤独的事业，可能在大多数时候无人喝彩，甚至无人见证。因为诗歌写作要求新求异，必然会使诗人在语言方式上乃至生活方式上，与常人常言拉开距离，甚至走上相反的道路，所以屈原才会说“众人皆醉我独醒”，苏轼有言“众人堆里身更单”。那种异己性的力量有时弥漫于整个宇宙。

【作者简介】

露伊·杜博磊（Louise Dupré ），加拿大皇家学会会员，诗人、小说家，出版有著作15部，曾多次获奖。

雪

李莎·卡尔杜奇（加拿大）
于岚　译

下雪了，北方之子
掩住我们昨日的脚步
画一行明天

雪下出了画，下出了歌
落进我们那无年轮的生命
词汇之雪，沉默之雪

下雪了，天之子
落在苹果树上，落在你的本子里
落进你的头发，落进我的心

【作者简介】
李莎·卡尔杜奇（Lisa Carducci），加籍意裔作家及翻译家，自1991年起定居北京，已出版各类著作65部。

第十四期 主题·土地

土地，需要不断翻阅的书卷（节选）

风涛

风中舞动的，是足迹
还有一波又一波递进的皱纹
无论从哪个方向伸出的脚
只要一踏上土地
就会陷入历史的恐慌
让所有心思都虔诚地礼拜
这里还有陶片，更是特别深沉
再热辣的香吻也无法打开
紧咬的牙齿
一个字，可以压垮一个朝代

【作者简介】
风涛，生于河北沧州，毕业于河北师范大学，现居张家口，著有诗集《内流河》和《清水河》。

草原

杜鸿

亲爱的，我吮干你眼角的泪滴
你优雅的睡姿 风撩动月光

沉睡的呼伦贝尔草原
绿色的深处我闻见了你乳房的芬芳

远处，飘扬着、飘扬着
我们高高插起的套马杆

月光撩动草原 撩动你的面庞
你的怀里是我坚实的身体和浑厚的胸膛

你嘶喊着 舞动着你月光中的秀发
我梦中的女人，我的妖精

犹如一匹奔驰的骏马
驰骋在草原的深处……

【作者简介】
杜鸿，原名丁仕宏，法号“延风”，生于安徽秋浦，出版有个人诗集《秋浦歌》和《双铧犁》（与北塔合集）等。

乡村的麦垛

冷先桥

傲立的田野
锋芒直刺那个炎热的夏天
麦子 以粮食的名义
支撑着曾经积弱的中国乡村

麦垛堆积如山
堆满家乡的历史
密匝匝诉说着
山野村夫血汗浇灌的人生
一茬一茬生长的麦子
一茬一茬演绎着黄土地的春秋

一颗一颗的麦子
养育着我们的胃
养育着中国的脊梁
让我们壮实且坚强
抵抗住一次次寒流的突袭
始终挺立在大地的东方

坐在都市狭窄的阳台上
喝着乡下土灶上酿出的老酒
每咽一口
就有一团火在燃烧
将心中历年的积雪熔化

涓涓细流已潜入骨髓
而田野上绿意正浓

【作者简介】
冷先桥，汉族，20世纪70年代生于江西修水，现居佛山，出版有诗集《心路漫长》等。

神秘的光环

翼人

此刻，大地的钟声敲响
染红了一大片翠绿的季节
和随它而滋生的汹涌的河流
而光明的种子在新鲜的土壤里
寻找土地的爱恋

【作者简介】
阿尔丁夫·翼人，撒拉族，又名马毅，1962年生于青海循化，现供职于青海省文联，代表作有《沉船》和《黄金诗篇》。

谷雨

杨林

或者，百感交集
我在预想中，带着家乡
远走高飞
离开阴霾和寒冷
我有百倍的信心
和虔诚的力量，在逃亡的路途
播种家园和幸福
我让根部蓄满低沉的水
和流动的声音
我藐视一切苦难和死亡
我把双脚踩进泥土
感受扎根的过程

【作者简介】
杨林，湖南人，现居长沙，新乡土诗派代表人物，著有长诗《春夏秋冬》等。

绿洲的启示——献给土地日的诗篇（节选）

叶延滨

据说是风为你写序
以尖啸的无情的刀子的语言
证明了你的存在！
据说是砂为你作跋
以湮灭的狂热和吞噬的贪婪
证明了你的顽强！

古塬以莽莽的砂碛掩埋过
所有的青春、希望和呐喊
原来从来未曾死亡……
西北粗犷的大戈壁的贝壳
孕育了的一颗血与泪的珍珠
这珍珠是你的翠色……

【作者简介】

叶延滨，1948年11月17日生于哈尔滨，现居北京，诗人、散文家、批评家，著有诗集《不悔》和《囚徒与白鸽》等。

黑土地（节选）

杨然

没有你黑色的土地
一切都是水写的
果实是踩着薄冰的雨
花朵是站在雪花上的寒气
没有古铜色的阳光
没有孕育，没有苏醒
一切都是风写的风，影写的影
幻梦和幻境一起幻灭
空想和空灵一起空虚
因为没有你，黑色的土地
于是没有欢欣，没有繁茂
没有摇篮和金秋的沉重
于是诺言便是谎言，誓言便是遗言
于是门便是碑，屋便是墓
翅膀如泡沫，脚印如烟雾
瞳孔比黄昏更昏，窗口比黄昏更黄
于是希望无望，理想无理，爱情无爱啊
于是诗是死尸，画是空话，音乐是音盲
因为没有你，黑色的土地
我是不存在的存在，不自由的自由
最先的选择，成为最后的选择
我无花无果，无根无叶
无呼吸，无血液，我一无所有

【作者简介】
杨然，原名杨天福，四川蓬溪人，毕业于四川教育学院，现任职于邛崃市某中学。

第十五期 主题·乡关何处

彝乡谣

阿诺阿布

半条街空无一人
花果园点不亮一盏黑色的灯
最后一个月
刀仍然在盒子里
揪紧的心仍然在外面
年近半百的山茶
飘零成母语的模样
在即将到来的冬日
一瓣瓣张望
我在大地上居住
流浪在彝乡
比房檐矮
却微微高过远处的群山

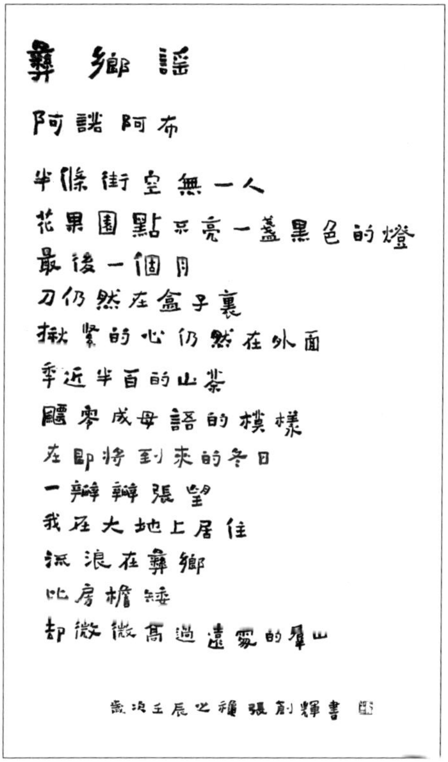

【作者简介】
阿诺阿布，1971年出生于贵州黔西县，现居贵阳，彝族，出版有诗集《水一直在岸上》、长篇小说《秋天的最后一个处女》等。

【书法家简介】
张创辉，20世纪60年代生于广东饶平，广东省书法家协会会员，多次获奖，兼写诗。

故乡

池莲子

我的故乡在云里
云的东边有一座大山
山里居住我古老的母亲
那时 我“呱呱”落地
只爱使劲吸允她芳香的乳汁

我的故乡在云里
云的南边有一口湖
清澈见底的湖面是我梳妆的镜子
那时的我有天仙般的梦想
却被那阵“风暴”打落

我的故乡在云里
云的北边是一派雪地
一望无际
少女的披巾遗落在那里

我的故乡在云里
云的西边有一条小路
曲折 幽深
沉默中 我壮着胆子行进
突然 眼前出现一条通向“罗马”的道路

我的故乡在云里
云的中心是旷野
我的屋巢随 云 飞 行

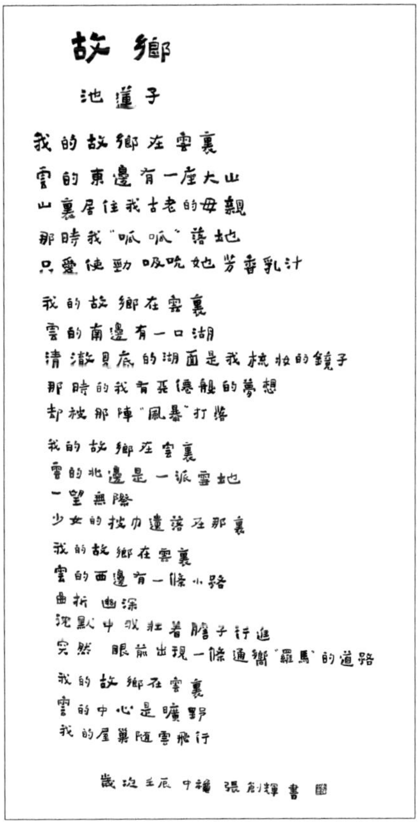

故鄉

池蓮子

我的故鄉在雲裏
雲的東邊有一座大山
山裏居住我古老的母親
那時我"呱呱"落地
只愛使勁吸吮她芳香乳汁

我的故鄉在雲裏
雲的南邊有一口湖
清澈見底的湖面是我梳妝的鏡子
那時的我有[illegible]億艘的夢想
却被那陣"風暴"打落

我的故鄉在雲裏
雲的北邊是一派雪地
一望無際
少女的枕巾遺落在那裏

我的故鄉在雲裏
雲的西邊有一條小路
曲折幽深
沉默中我壯着膽子行進
突然 眼前出現一條通嚮"羅馬"的道路

我的故鄉在雲裏
雲的中心是曠野
我的屋巢隨雲飛行

歲次壬辰 中穐 張創輝 書

【作者简介】
池莲子，原名池玉燕，1950年生于浙江省温州市，现居荷兰，已出版诗集《心船》和《爬行的玫瑰》等。

亲爱的麦子（节选）

沙克

又是细雨浸透的清明
奶奶的絮语已化为虫鸣
招呼我返回久别的麦地
麦地旷远，麦子青青
麦地还是爷爷的麦地
麦子是奶奶刚刚撒手的麦子
河水环绕我的脚印
从麦地下面流向更远的村落
青青的麦子摸着我的小腿
摸向爷爷最后的粮仓
麦地旷远，无一亲人
只有雨丝扯着我的衣袖
亲爱的麦子默默无言
和我一起泪眼汪汪

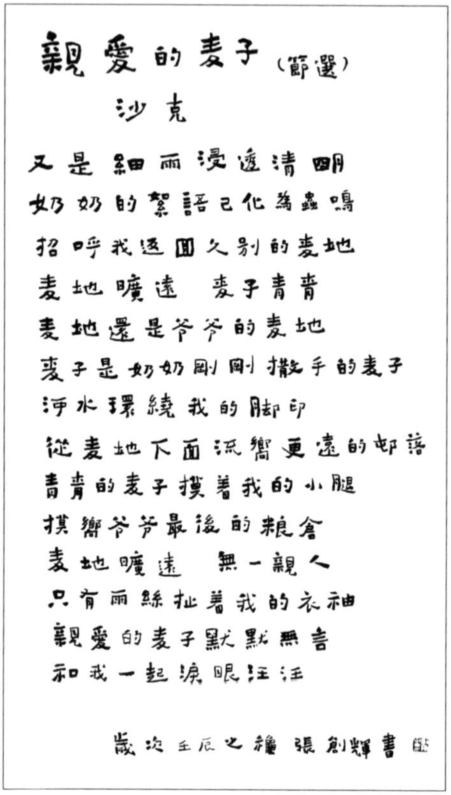

【作者简介】

沙克，安徽人，现居江苏淮安，有诗集《春天的黄昏》、《大器》和《有样东西飞得最高》等。

沉沉的家书

梅尔

我把那些金星飞舞的日子藏在腋下
我把那些痛苦无助的愁云握在掌心
我要长成爸爸的一棵树妈妈的一面旗
爸爸妈妈 我为你们装扮这座小屋
在邮给你们之前
再刷上一层崭新的色彩
我要让你们在遥远的田边
因绚丽的晚霞里健康的植物而骄傲

可你们不会知道
在邮出小屋后的夜晚我孤伶伶地陷入寒冷
最后像一片无家可归的云
瘫在都市的空中

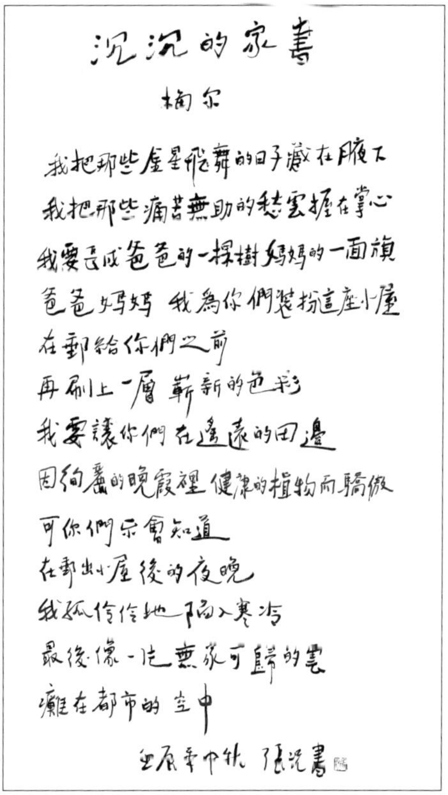

【作者简介】
梅尔，原名高尚梅，1960年代后期出生，1980年代开始创作并发表诗歌，现从事于教育传媒等行业，著有诗集《海绵的重量》。

【书法家简介】
张沉，1971年生于广东五华，现居佛山，文人书法家，出版有《张沉书法作品选》等3本书法集。

瞭望

黄劲松

一棵树笔直地瞭望
辽阔一种目光
旧年的鸟巢
如固守的眼眸
不断放大遗存的色彩

而云朵还在飞翔
我听到了洁白的鸣叫

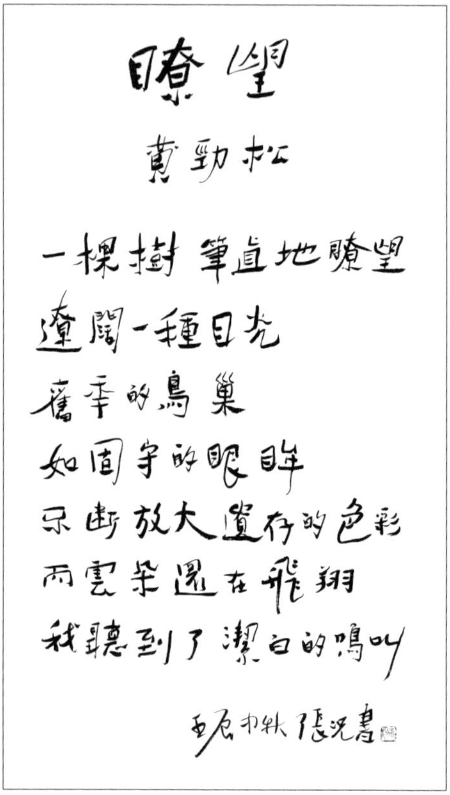

【作者简介】
黄劲松，1968年12月生于江苏昆山，现供职于当地文联，出版有《采莲》、《黄昏的鸟掠过淀山湖》等9部诗集。

葡萄园

芒克

一小块葡萄园，
是我发甜的家。

当秋风突然走进哐哐作响的门口，
我的家园都是含着眼泪的葡萄。

那使园子早早暗下来的墙头，
几只鸽子惊慌飞走。

胆怯的孩子把弄脏的小脸
偷偷地藏在房后。

平时总是在这里转悠的狗，
这会儿不知溜到哪里去了。

一群红色的鸡满院子扑腾，
咯咯地叫个不停。

我眼看着葡萄掉在地上，
血在落叶中间流。

这真是个想安宁也不能安宁的日子，
这是在我家失去阳光的时候。

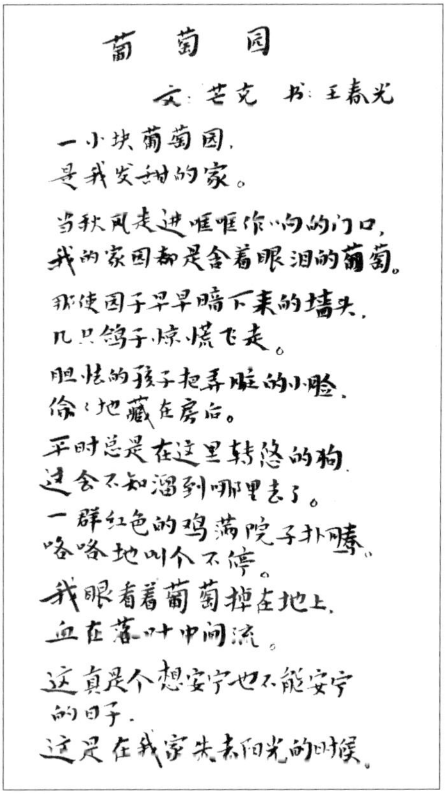
葡萄园
文：芒克　书：王春光
一小块葡萄园，
是我发甜的家。
当秋风走进哐哐作响的门口，
我的家园都是含着眼泪的葡萄。
那使园子早早暗下来的墙头，
几只鸽子惊慌飞走。
胆怯的孩子把弄脏的小脸，
偷偷地藏在房后。
平时总是在这里转悠的狗，
这会不知溜到哪里去了。
一群红色的鸡满院子扑腾，
咯咯地叫个不停。
我眼看着葡萄掉在地上，
血在落叶中间流。
这真是个想安宁也不能安宁
的日子，
这是在我家失去阳光的时候。

【作者简介】
芒克，原名姜世伟，出生于沈阳，现居北京，朦胧诗派代表之一，著有诗集《心事》和《阳光中的向日葵》等。

【书法家简介】
王春光，汉族。吉林省书法家协会理事，作品多次入展或获奖。

游子谣

戴望舒

海上微风起来的时候，
暗水上开遍青色的蔷薇。
——游子的家园呢？
篱门是蜘蛛的家，
土墙是薜荔的家，
枝繁叶茂的果树是鸟雀的家。
游子却连乡愁也没有，
他沉浮在鲸鱼海蟒间：
让家园寂寞的花自开自落吧。
因为海上有青色的蔷薇，
游子要萦系他冷落的家园吗？
还有比蔷薇更清丽的旅伴呢。
清丽的小旅伴是更甜蜜的家园，
游子的乡愁在那里徘徊踯躅。
唔，永远沉浮在鲸鱼海蟒间吧。

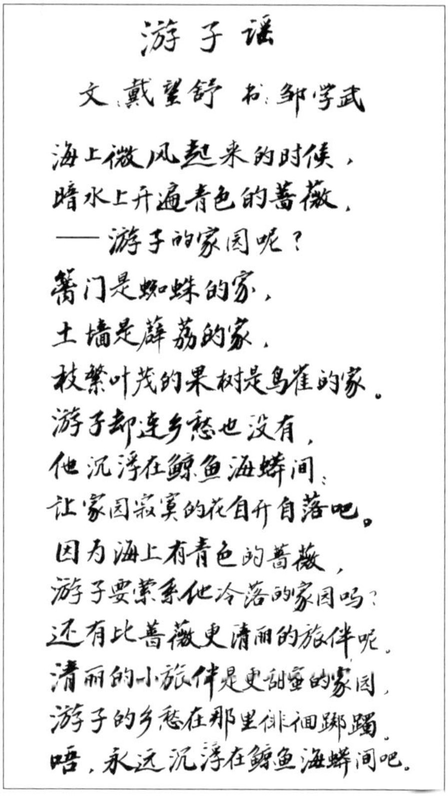

【作者简介】
戴望舒，生于浙江省杭州市，出版诗集有《我底记忆》（1929）和《望舒草》（1933）等。

【书法家简介】
邹学武，吉林省书法协会理事，现居松原市，作品多次获奖。

人在天涯

赵剑华

没有树的山
我的鸟儿落在哪里

一声啼血的鸣叫
至心的深处滑落
今夜月明星稀
注定曲径通幽

归巢是记忆的空壳
思念发酵为酒
距离成为残缺的美
人在天涯
接受一种洗礼

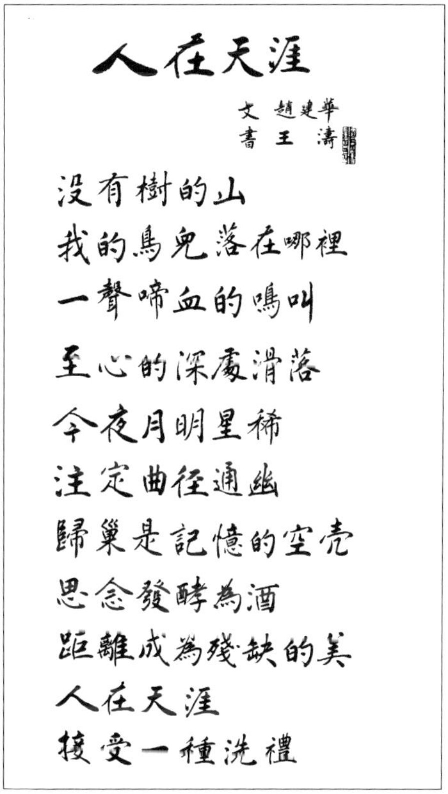

【作者简介】
赵剑华，现居包头市，被授予内蒙古中青年“德艺双馨文艺工作者”称号，出版有诗集《钢蓝色》和《慢下来》等7部。

【书法家简介】
王涛，字雪石，现供职于陕西省书画艺术研究院。

空手还乡

三色堇

如果一开始
你就顺着这条路走向纯粹
你就提取了天空中所有的晴朗
我就不会缠绕那些手中的虚线
就不会在秋天
破译一段小小的安宁

山中还有雪
像某种生活的解说
如果你有时间，有足够的胃口
就备些好酒吧
让我们各自卸下烟雨
卸下复杂的心思，空手还乡

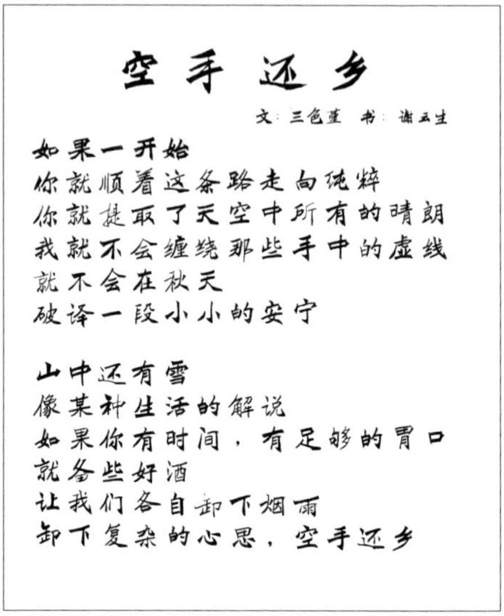

【书法家简介】
谢云生，当代书画家，中国绿色公益推广大使，文化部德艺双馨艺术家。

【作者简介】
三色堇，本名郑萍，山东人，现居西安，出版有诗集《南方的痕迹》等两部。

大地上的异乡人（节选）

沙光

我从天空自上而下地滴落，
大地美丽面庞上的泪珠
钻石般地深藏内涵，
心灵唱无言的歌使矮树起舞
一追想起时间就哭泣，
哪一年？哪一天？
我成了大地之子！
一追想起天空就止不住地哭

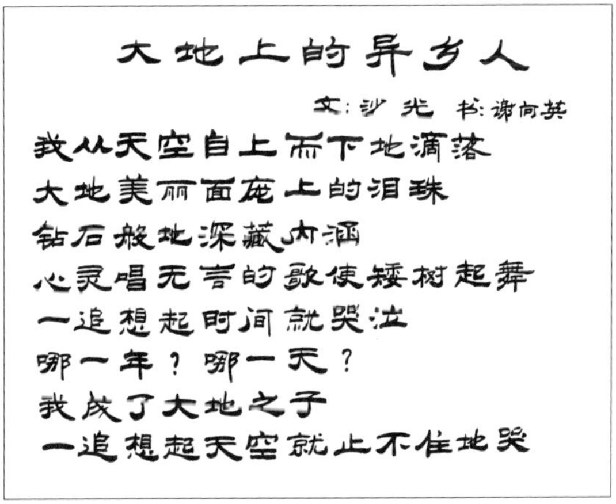

【书法家简介】
谢向英，满族书法家、诗人，出版有《雨后的丁香》等诗词作品集。

【作者简介】
沙光，神本主义诗人，原名朱雅楠，1966年12月生于黑龙江省望奎县，出版有诗集《泉旁的玫瑰》和《香祭》等。

第十六期 主题·建筑

庭院

博尔赫斯（阿根廷）
陈东飙 译

夜幕降临
庭院的两三种色彩渐感疲惫。
满月那伟大的真诚
已不再激动它习以为常的苍穹。
庭院，天空之河。
庭院是斜坡
是天空流入房舍的通道。
无声无息，
永恒在星辰的叉路口等待。
住在这黑暗的友谊中多好
在门道、葡萄藤与蓄水池之间。

【作者简介】
豪尔赫·路易斯·博尔赫斯（Jorge Luis Borges），阿根廷诗人、小说家兼翻译家。

在澳大利亚，参观库克船长的小木屋

黄亚洲

他用海水搓成绳子
将地球箍了三道
其中一个绳结，叫做澳大利亚

人们沿着他的长绳
赶往遥远的英国
把他在英国乡下的那幢木屋
一瓦一木地搬运到这里
世界上，土地与土地
就是这样重迭在一起的

连土地都能重迭
这颗星球上还会有什么东西，能够
加以切割呢？
哪怕所有的经线和纬线
都如瓜刀一样锋利

【作者简介】
黄亚洲，浙江湖州人，现居杭州，诗人、剧作家，已出版诗集、散文集、长篇小说集、剧本集等文学专著30余部。

远方的寺院

李浔

无数的眺望集中在那里
那么辽阔以及伸不可及

远方我从来没有依靠过的地方
现在它又一次接近我的想象
那么蓝那么黄那么熟悉
我甚至能看见大厅里摇晃的灯光
这是一直以来我的远方的寺院

我没有滑落过任何的理由
那么执着以及绝对武断

我不是圣人　从来都不是
现在我的路边的花瓣
它们和我的脚印却有了角度
我没见过那座寺院
但我能听见她金黄的钟声
远方的寺院一直斜靠在我的肩上
我感到了份量以及内心的灯火

【作者简介】
李浔，浙江湖州人，供职于某电视台，著有《独步爱情》、《内心的叶子》等8部诗集。

墙

海啸

穿破它苍白的影子
就可以抵达血色的黎明
一只大鸟，时时惊飞一圈圈尘梦
溅落斑斑光晕

凝视也是一种倾注
我的心也因此破墙而出

【作者简介】
海啸，1973年生于湖南隆回县，现居北京，代表作有长诗《追魂记》等，出版有诗集《最后的飞行》等。

题故宫

李发模

围墙划了个圆圈
划出现实与过去的界线
像一个褐色的蛋壳
孵出了我们的今天
今天啊　啄破蛋壳钻出的雏鸡
飘扬的旗帜是它红红的凤冠
以一碧如洗的高空为背景
再不愿退回森严的宫殿

【作者简介】
李发模，贵州省绥阳县人，现居遵义，出版有诗集《偷来的正午》、《魂啸》和散文集《道尽又如何》等共30部。

“老” “家” (节选)

李国富

我们举家迁进了城
老家的一只猫
守着空房子
老鼠都走光了
猫把自己葬在
老家的屋子里

【作者简介】
李国富，江苏盐城人，现居北京。著有诗集《老家的村庄》，曾主编、策划《三月的春风》、《思想的影子》等文艺专著50余部。

橘子和闪电

江文俊

在国家图书馆吃了一只橘子
唇齿之间
汁液横流
一只橘子的甜蜜
是否传达了这只橘子的本意

即使剥开来
也无法解答自己
这是众人绝望的原因之一
男男女女，相互勾引
微笑和言语
类似橘子有斑点的皮

国家图书馆
橘子的核心
无数思想的遗体
被崇高地供奉在这里

【作者简介】
江文俊，退役海军战士，现居北京，从事广告业，业余写诗。

房子

莫非

房子里的人走了，找另一所房子的门
裂开的镜子同时照见一只猫和一块石头

苏拨在低处。水在更低处流淌。太阳
拔高的灌木占据了春天。树叶在迎接

花儿在诅咒。三叶草一阵恍惚的光芒
冲进来。所有的幸运儿正在哭泣。豆子

翻身坠入漆黑的梦乡。苏拨数着蚂蚁
蚂蚁数着时间细小的颗粒。战胜的旗帜

叠了又叠还是四四方方。屋顶是空的
炊烟是红的。纸牌上的窟窿星星点点

苏拨知道的事物被收回。我们来不及
收回的谷穗重新发芽，却误了一场播种

【作者简介】
莫非，原名赵敬福，北京人，著有诗集《空白的空白》和《词与物》(1997)等。

古寺

北岛

消失的钟声
结成蛛网，在裂缝的柱子里
扩散成一圈圈年轮
没有记忆，石头
空蒙的山谷里传播回声的
石头，没有记忆
当小路绕开这里的时候
龙和怪鸟也飞走了
从房檐上带走喑哑的铃铛
荒草一年一度
生长，那么漠然
不在乎它们屈从的主人
是僧侣的布鞋，还是风
石碑残缺，上面的文字已经磨损
仿佛只有在一场大火之中
才能辨认，也许
会随着一道生者的目光
乌龟在泥土中复活
驮着沉重的秘密，爬出门槛

【作者简介】
北岛，原名赵振开，1949 年生于北京，曾当过建筑工人，朦胧诗主将，1989年起在欧美多国担任教职及驻校作家，现居香港。

空房子

柏明文

我们都是空房子
等着开门的那个人

一段偷来的记忆
总是晃来晃去

幸福就像毛毛虫
缓慢地蠕动

空房子还散发着主人的气息
看着远去的人　它曾掏空肺腑

即使被命运逼到了最黑暗的角落
也仍然会有隐隐的脚步声传来

【作者简介】
柏明文，山东济南人，供职于济南某邮政局，曾出版诗集《潮汐和风》，2008年获辽宁“芒种”年度诗人奖。

第十七期 主题·童年

夏日

赵芮民

比一首诗更短
来不及捉摸
春天一闪 就过去了
随着一些茇茇草
长出来的是
一些蜻蜓的 红屁股
微风就像橡皮
童年被一点点擦去
你说话时
保存了一条小溪
牙齿闪亮
保存了一颗星的秘密
看远处明亮的湖
多像夏天的脊背

【作者简介】
赵芮民，河北省邯郸人，笔名红蚁等，著有诗集《关于孤单岁月的寂寞诗篇》、《天空梦魅的花园》等。

水稻之歌

罗青

早晨一醒，就察觉满脸尽是露水，
颗颗晶莹剔透，粒粒清凉爽身。

回头看看住在隔壁的大白菜
肥肥胖胖，相偎相依，一家子好梦正甜。

而远处的溪水，却是群刚出门的小牧童，
推挤跳闹，跟着小鱼穿过一座矮矮短短的独木桥。

于是，我们也兴高采烈地前后看齐，
把脚尖并拢，手臂高举。

迎着和风，成体操队形，
散——开

一散，就是
千里

【作者简介】
罗青，现任教于台湾师范大学，出版有诗集《吃西瓜的方法》，《神州豪侠传》，《捉贼记》等。

草莓（节选）

欧阳江河

如果草莓在燃烧，她将是白雪的妹妹。
她触到了嘴唇但另有所爱。
没人告诉我草莓被给予前是否荡然无存。
我漫长一生中的散步是从草莓开始的。
一群孩子在鲜红迎风的意念里狂奔，
当他们累了，无意中回头
——这是多么美丽而茫然的一个瞬间！

那时我年轻，满嘴都是草莓。
我久已忘怀的青青草地，
我将落未落的小小泪水，
一个双亲缠身的男孩曾在天空下痛哭。
我返身走进乌云，免得让他看见。
两个人的孤独只是孤独的一半。
初恋能从一颗草莓递过来吗？

【作者简介】
欧阳江河，1956生于四川，现居北京，出版诗集有《透过词语的玻璃》(1997)、《谁去谁留》(1997)等。

小学校

雷平阳

去年的时候它已是废墟。我从那儿经过
闻到了一股呛人的气味。那是夏天
断墙上长满了紫云英；破损的一个个
窗户上，有鸟粪，也有轻风在吹着
雨痕斑斑的描红纸。有几根断梁
倚靠着，朝天的端口长出了黑木耳
仿佛孩子们欢笑声的结晶……也算是奇迹吧
我画的一个板报还在，三十年了
抄录的文字中，还弥漫着火药的气息
而非童心！也许，我真是我小小的敌人
一直潜伏下来，直到今日。不过
我并不想责怪那些引领过我的思想
都是废墟了，用不着落井下石……

【作者简介】
雷平阳，1966年秋生于云南昭通，现居昆明，出版有《雷平阳诗选》等。

月饼

刘川

月饼有五仁馅的
小时候不懂
以为是五人馅的
就一直盯着
又香又甜又美的月饼
不肯吃
想一头“陷”进去
同时把爸爸、妈妈
爷爷、奶奶
也拽进来
永远不出来
过一辈子的中秋节

【作者简介】
刘川，1975年生于辽宁省阜新县，辽东学院毕业，现居沈阳，出版有诗集《拯救火车》等。

我不相信童话（节选）

卧夫

也可以把一枚硬币想象成太阳
比露珠坚硬。挥刀断水或者对牛弹琴
如果穿着皇帝的新装过独木桥
一共需要多少标点符号？
我把我藏匿得一点也不巧妙
胸腔里的泥泞
让歌声受过委屈
写不完的作业，把骨头咯吱得隐隐生疼

【作者简介】
卧夫，原名张辉，出生在黑龙江省双鸭山市，现居北京，任职于中国诗人俱乐部，业余从事摄影。

人生（节选）

朱美珍

有时
我也想到过它
那遥远的
缀满了蓝宝石的星空
作为我年轻时佩带的
首饰盒儿

然而，我的老母亲
她用一根细竹竿
驱赶麻雀的阴影
父亲通红的脖子
与他喝酒的十四行

他们一直在那里谈论
庄稼和雨季
却不知道岁月的姓氏

而在乡下
阳光是一群母鸡
“咯咯”叫着
在四下里跑开时
我那平凡的欢乐
来自火红的灶膛
那里跳动着我真实的皮肤

【作者简介】
朱美珍，长期立足于苏州市吴江区同里古镇，默默从事诗歌写作已有多年，出版有诗集《幸福的门》。

第十八期 主题·祭祖

祖先的夕阳

杨炼

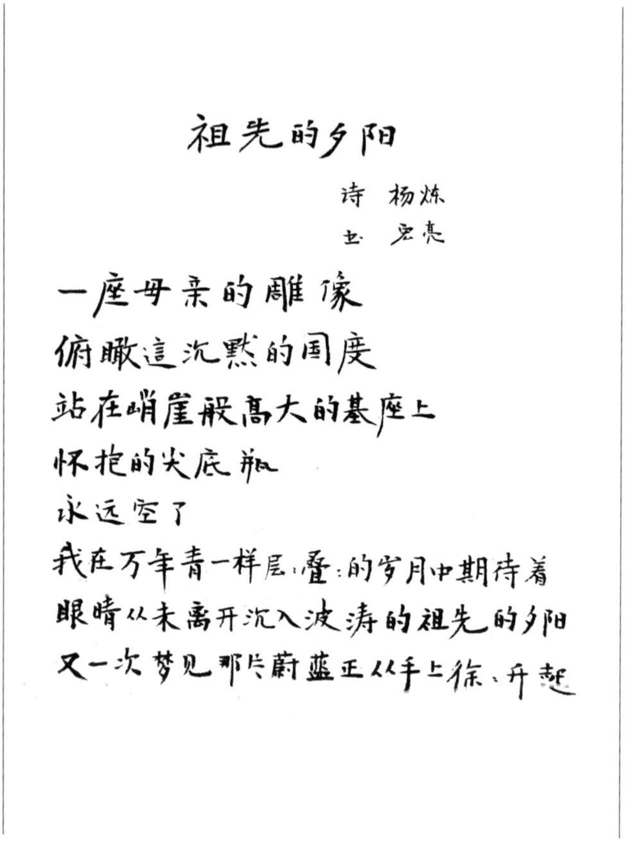

【书法家简介】

张宏亮，河北人，参加过河北省首届行书展、河北省“高远杯”书法大赛展等。

【作者简介】

杨炼，朦胧诗代表诗人，现居英国，出版的诗集有《礼魂》、《荒魂》、《黄》、《大海停止之处》等多部。

二月二，龙在诞生的地方举起头（节选）

风涛

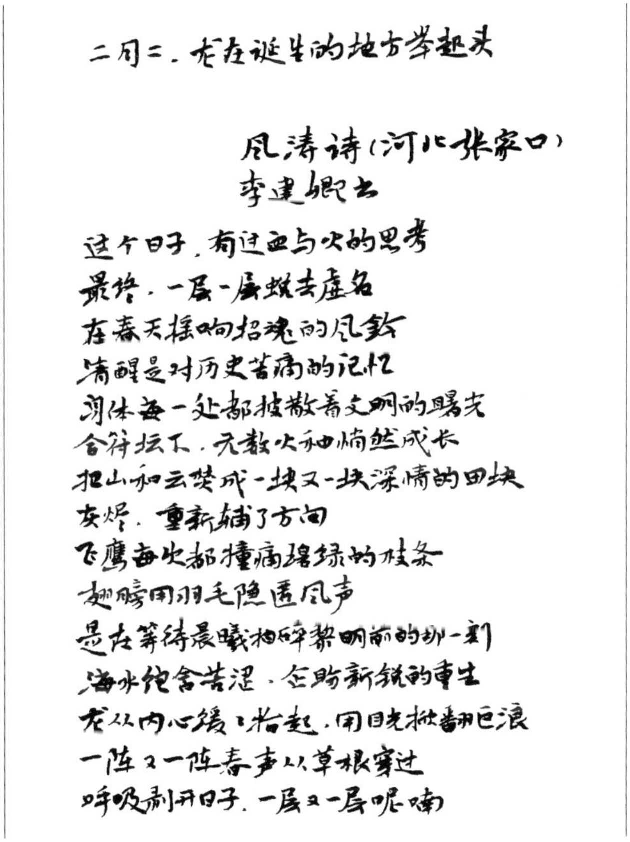

【书法家简介】
李建卿，河北涿鹿人，书法作品入展中国书法家协会主办的"全国首届临帖书法作品展"、第六届中·临沂书法节。

【作者简介】
风涛，生于河北沧州，现居张家口，著有诗集《内流河》和《清水河》。

黎明

海子

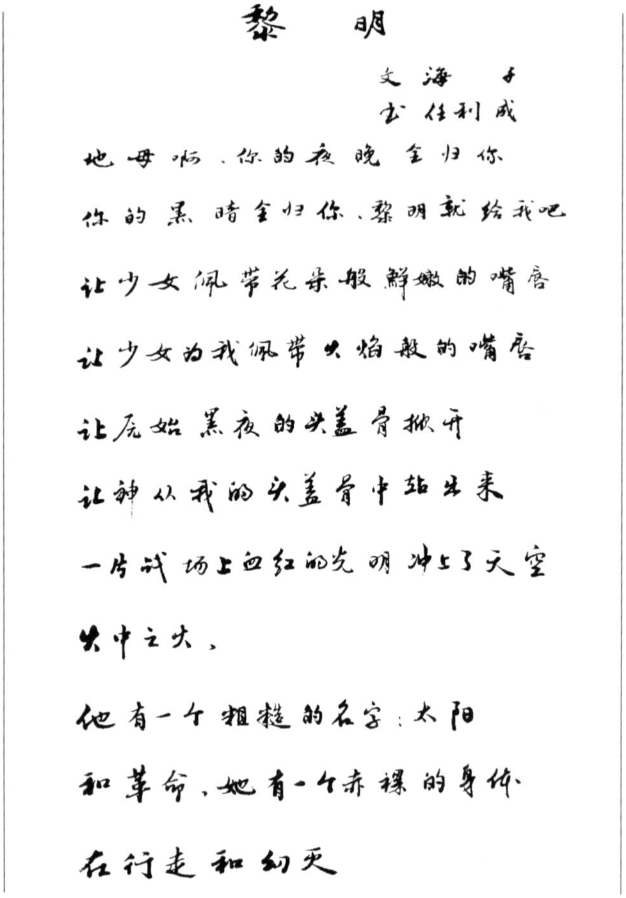

【书法家简介】
任利成，河北人，曾参加“和谐燕赵、红色太行”中国山水画大展、河北省首届美术作品展等。

【作者简介】
海子，原名查海生，生于安徽怀宁县，1989年卧轨自杀于河北山海关，出版的诗集有《土地》、《海子、骆一禾作品集》和《海子的诗》。

大地之舷（节选）

俞强

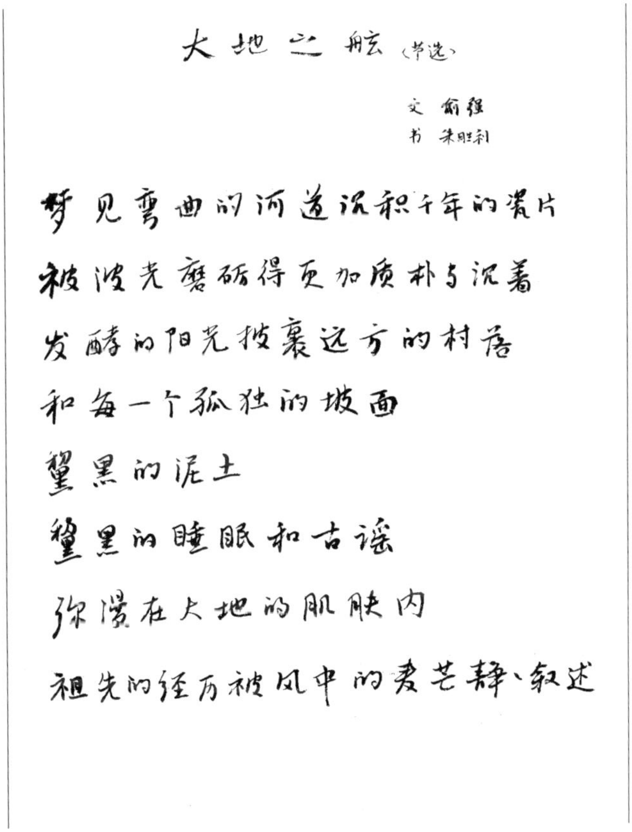

【书法家简介】
朱胜利，河北人，曾获得中国书画名家上海世博国际交流展金奖等。

【作者简介】
俞强，生于浙江慈溪，现供职于当地媒体，已出版诗集《大地之舷》、《食指与拇指》、《钟形岁月》和《旧痕集》等。

祖先

黄灿然

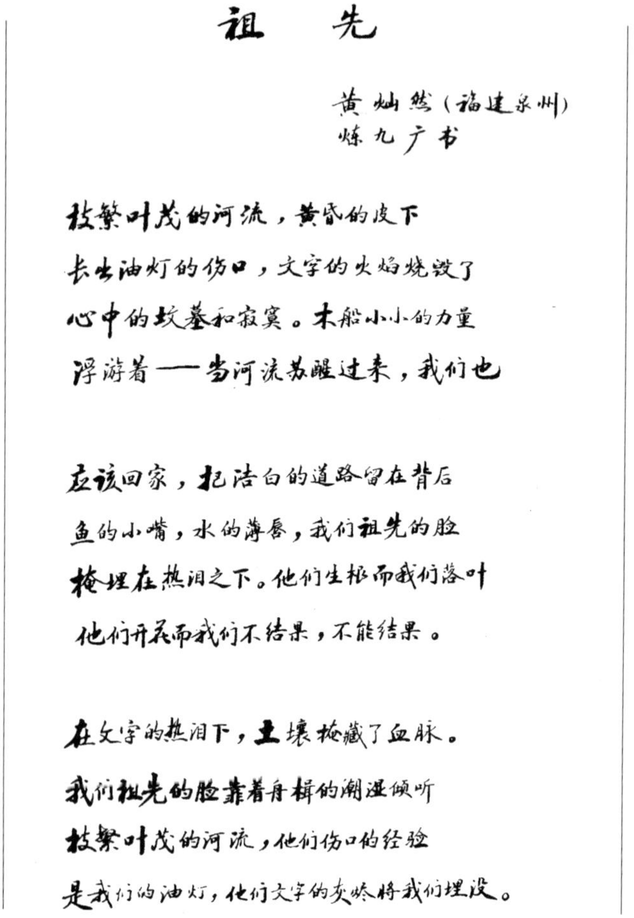

【书法家简介】炼九广，河北人，曾参加河北省“高远杯”书法大赛及其展览等。

【作者简介】

黄灿然，诗人、翻译家，生于福建泉州，1978年移居香港，现供职于媒体，出版有诗集《世界的隐喻》（1998）。

部落的夜晚

大解

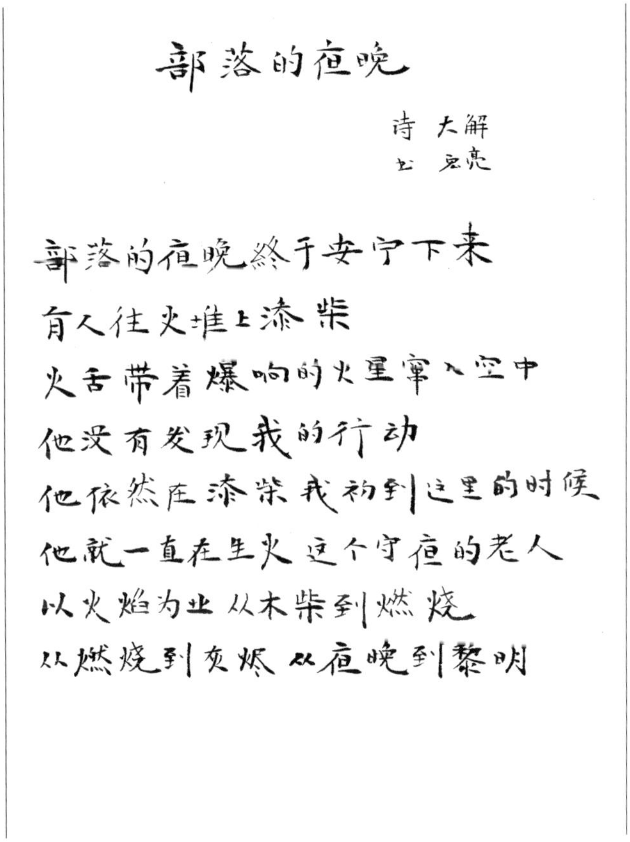

【作者简介】

大解，原名解文阁，1957年生，河北青龙县人，毕业于清华大学，主要作品有长诗《悲歌》和诗集《岁月》等。

第十九期 主题·秋天

秋分

箫风

是黑夜与白昼平分秋色的日子。
秋风拂过乡野，绘一幅浓墨重彩的油画：
金黄的是稻穗，火红的是高粱，晶紫的是葡萄，雪白的是棉花……
色彩斑斓的秋哟，一半灿烂在阳光下，一半朦胧在月色中。
此刻，春天里播下的每一粒种子，
仿佛都藏着一个小小的喜悦，
正幸福地期盼着颗粒归仓的日子。
与一朵云手挽手，徜徉在郊外的田埂上。
我用感恩的目光，亲切地抚摸着金波翻滚的稻浪。
颗粒饱满的稻穗低垂着，像极了母亲躬身挥镰的身影……

【作者简介】
箫风，生于江苏沛县，现居浙江湖州，著有散文诗集《沉思的花瓣》、《思念的花朵》等。

秋水

柳文龙

在秋天 菊花当道的日子
那舒展的瓣 行云流水般的暖意
冲刷静静的河流 和心中的棹歌
孤独者择水而居 陪伴杨柳的静默
那软弱无骨的傲骨 用呼吸清空杂念
招展的鱼 传播湿润的想象
采集平铺直叙的美

落花的尖叫 会溅起微许的涟漪
会把寂寥的秋色洗劫一空
剩下暮色 水气
在夕阳的余晖里紧紧相拥
等一会儿 会慢慢地练习飞翔
天空会顶得很高 很远

【作者简介】
柳文龙，嘉兴人，20世纪80年代办过诗社,一直钟情于诗歌，曾与人合出诗集《行走的阳光》。

秋晚的江上

刘大白

归巢的鸟儿，
尽管是倦了，
还驮着斜阳回去。

双翅一翻，
把斜阳掉在江上；
头白的芦苇，
也妆成一瞬的红颜了。

【作者简介】
刘大白，“五四”运动前就开始用白话作诗，是新诗倡导者之一，主要著作有新诗集《旧梦》(后重编为《丁宁》、《再造》、《秋之泪》等。

秋（节选）

杜运燮

连鸽哨都发出成熟的音调，
过去了，那阵雨喧闹的夏季。
不再想那严峻的闷热的考验，
危险游泳中的细节回忆。

经历过春天萌芽的破土，
幼芽成长中的扭曲和受伤，
这些枝条在烈日下也狂热过，
差点在雨夜中迷失方向。

现在，平易的天空没有浮云，
山川明净，视野格外宽远；
智慧、感情都成熟的季节啊，
河水也像是来自更深处的源泉。

【作者简介】
杜运燮，“九叶派”代表诗人，祖籍福建古田，生于马来西亚霹雳州，毕业于西南联合大学外文系，出版有《杜运燮六十年诗选》等。

高秋

杨克

如此幸福的午夜
我听见头顶上有一张树叶在干燥中脆响
人很小 风很强劲
秋天的星空高起来了
路灯足以照彻一个人内心的角落

我独自沿着林荫道往前走
突然想抱抱路边的一棵大树
这些挺立天地间的高大灵魂
没有一根枝哑我想栖息
我只想更靠近这个世界

【作者简介】
杨克，1957年生，广西人，现任广东省作家协会副主席，国家一级作家、编审。中国第三代实力派诗人，民间写作代表性诗人之一。

秋歌——给暖暖

痖弦

落叶完成了最后的颤抖
荻花在湖沼的蓝睛里消失
七月的砧声远了
暖暖

雁子们也不在辽琼的秋空
写它们美丽的十四行了
暖暖

马蹄留下踏残的落花
在南国小小的山径
歌人留下破碎的琴韵
在北方幽幽的寺院

秋天，秋天什么也没留下
只留下一个暖暖
只留下一个暖暖
一切都留下了

【作者简介】
痖弦，著名台湾诗人，原名王庆麟,出版的诗集有《痖弦诗抄》(1959)、《深渊》(1968)、《痖弦诗集》(1981)等。

白露

陈贞

去年的这个季节 母亲说
露水成霜 甜甜上香
面对她的一脸虔诚
我却不解其意 母亲又说
露水苦 草儿难
阴阳相触霜为甜
霎时 我的双膝一软
扑通一声 跪在父亲的坟前

【作者简介】
陈贞，河南人，现居武汉，出版有诗集《三品人生》等。

时间的报复

简政珍

你将所有的衣裳涂装
惟恐秋天辨识你的行径
你躲在阴暗的斗室
以夏季留在
壁纸上的太阳
取暖

于是，秋错过你的名姓
你的成长少了一季
牙齿多了一个缺口
你未曾咀嚼
萧瑟的滋味
更不知
吞下一个个果实后
林木起了
肃杀之气

直到大地
把所有的热度和颜色收回
你才急着
填满牙齿的缺口
来搪塞
时间的报复

【作者简介】
简政珍，台湾省台北县人，1950年生，著有诗集《季节过后》（汉光，1988），《纸上风云》（书林，1988）。

你是否看到风

金铃子

你是否看到风，它吹拂一片或更多片叶子
直到它们落下来。你是否
看到风，它把树木越吹越红，它把
我的诗句越吹越红
仿佛经霜的纸张，发出火焰的细吼
当第一片叶子飞下来的时候
我忍不住唱了句：秋风起兮白云飞
当更多的叶子飞下来的时候
我实在唱不出：欢乐极兮哀情多
我只是，不断的反复
秋风起兮……风……起……兮
你是否看到风，它吹向十月的高处
它在山顶放一些沉默
放一些眺望，让人们
既看见四野的沧桑，也看见果实里的波澜
你是否看见风，它不知疲倦地吹
不舍昼夜地吹，似乎
不把秋天吹得十分庄严，决不罢休
你是否看到风，看到风中
带核的人，站在山崖
被吹得哗啦啦

【作者简介】
金铃子，本名蒋信琳，曾用名信琳君，中国作协会员。家居山水之间。20世纪80年代末期开始发表诗歌作品，曾参加24届青春诗会。获2008中国年度先锋诗歌奖，诗集《奢华倾城》获第二届徐志摩诗歌奖。

那个秋天

蓝蓝

我的爱，那个秋天的臂弯
也许是所有秋天的去处
我见过你，像一棵绿菠菜
从土里长到我面前
收豆子的时候，月夜
或是你坐在田埂上
草又软又香
天空有些薄云，头顶的杨树
哗哗地唱着老叶子最后的忧伤
忘了什么？时光
还是你自己？

让我想一想，我的心
一只黑亮的蟋蟀，孤单的风
我听你说：
为了配得上它们……
你害羞地扭头望着树林
那里藏着一窝鸟
你眼睛里藏着一个钟神
我突然停住——
像一个亡逝在秋天的人

【作者简介】
蓝蓝，原名胡兰兰，山东人，现居北京，出版的诗集有《含笑终生》（1990）、《情歌》（1993）、《内心生活》（1997）等。

第二十期 主题·雨水

村前遇雨

马新朝

雨走了以后又回来
她要带上我
她在村子里找到一脸乌黑的我
在我的手里放下一对银器
她纤细的手，牵着远处的羊群
把小草写的诗交给那些搬运雨水的人
燕麦扶着她的肩头站了起来
她对我说：你的腰要伸直，挺起胸膛
只是走了很短很短的一截路
翻过高坡
雨就不见了

【作者简介】
马新朝，1953生于河南省唐河县，曾从戎，现居郑州，著有长篇抒情诗《幻河》等。

台风（节选）

王小妮

在世界的颤动中
我看见了隐藏已久的疯人
我的心里翻卷起不安
我要立刻倾斜着出门。
海，抬起
连着天堂的脚上岸了
在一瞬间 迈过了
这含羞草一样的危城
狮皮在大洋里浮现
鬼魂从水的内核里走出来
只有在这风雨满面之时
我才能看清万物

【作者简介】
王小妮，1955年生于吉林省长春市，毕业于吉林大学，曾做电影文学编辑，后定居深圳，现居家写作。

雨

之道

你来之前，我猜测是否有好友同行
二月没有更好的舞姿
风，偶尔打个哈欠

今夜，寂寞停止转动，安静中的安静
用心去听，你的同伴在地皮下
躲避开我的视野潜行

我想无论如何
都应该鼓掌，当你光临的时候
苏州早已湿润

爱苏州，还不算晚
拥抱一下，我们这对儿大地宠物
你不用点头摇头，me too

无疑，应该有一次漫步
你的步调引人入胜，先引我入胜
风，借着伞矫情

【作者简介】
之道，1964年生，毕业于长安大学，现居西安，出版诗集《我拣到了铜》、《一根漂浮的石柱》、《理论的斜面》等。

空心（节选）

林雪

是我错了吗？一阵人工的雨
突如其来
被捣毁的花园
花朵中千万扇门无法闭拢

你不能拥有自己的心事
躺在夏天的床上
在狂躁的中午独自休眠

一滴雨就可以使你醒来

【作者简介】
林雪，辽宁抚顺人，毕业于辽宁师范学院，出版的诗集有《淡蓝色的》、《蓝色的钟情》等。

水边书（节选）

胡续冬

这股水的源头不得而知，如同
它沁入我脾脏之后的去向。
那几只山间尤物的飞行路线
篡改了美的等高线：我深知
这种长有蝴蝶翅膀的蜻蜓
会怎样曼妙地撩拨空气的喉结
令峡谷喊出紧张的冷，即使
水已经被记忆的水泵
从岩缝抽到逼仄的泪腺；
我深知在水中养伤的一只波光之雁
会怎样惊起，留下一大片
粼粼的痛。

【作者简介】
胡续冬，1974年生于重庆，北京大学文学博士，现居北京，诗人、学者、随笔作家，著有《浮生胡言》等。

在风雨之夜写下风雨

王夫刚

我曾经以为，风雨的诗意甚于花朵
并用这样的错误犯下新的错误
一个钟情风雨的人，不是少年
即是高手。或许，这又是一个关于错误的
例证。当我在风雨之夜写下风雨
我以为，我对风雨的理解
甚于花朵。这与我的内心
内心的阴霾，阴霾中莫衷一是的潮湿
有关。与我的命运有关
与碾过午夜的载重卡车有关
与失去了故乡的风声和流水有关
与梦的落差有关。
当我在风雨之夜写下风雨
我允许它们比花朵更为长久地占据
我的记忆，我允许它们
回到我的记忆中哭泣
我允许它们破涕为笑的时候
藏起落叶，和凋零的花瓣

【作者简介】
王夫刚，1969年12月生于山东五莲，现居济南，著有诗集《诗，或者歌》、《第二本诗集》和诗合集《7印张》等。

山脊上的水

叶舟

那是一片水，但不能
用一滴盐去试探它的耐心。
“当春天驶离，一些寂寞的巨兽
会在水面上麇集。
“要是牛羊隐匿于天山的密林
这波光潋滟的湖水，一字不语。
“有时候落雨，可更多的季节
一个人的灵魂将大汗淋漓。
“是的，鸥鸟记得——在那个微弱的夏日
一位女神，勒马引颈。
“这不是幻象、倒影和速记。
水上书写的乃是一个潮湿的国家与地理。
“芦苇的天空，一卷纸莎草
并不比一本羊皮的诗集要靠近。
“赛里木：一段山脊上的水。
当云朵垂临，枯坐王位上的思想者是谁？
“那是挤奶姑娘的手。
那是爱，被一片浪花挥卷。
“我知道一个最重的词。繁星朗照的夜里
我会攥紧另一只滚烫的手。”

【作者简介】
叶舟，1966年生于甘肃，毕业于西北师大，当代西部代表作家之一，诗人、小说家。

第二十一期 主题·地铁

地铁

卡尔·桑德堡
屠岸 译

下到两厢阴影的墙壁之间
钢铁的法则坚不可摧的地方，
如饥似渴的呼声冷嘲热讽着。

疲惫不堪的徒步旅行者，
卑微的肩膀上下耸动，
把他们的笑声投入劳顿。

【作者简介】
卡尔·桑德堡（Karl August Sandburg）美国诗人、历史学家、小说家、民谣歌手、民俗学研究者，曾获两次普利策文学奖。

在地铁车站

埃德拉·庞德

飞白 译

这几张脸在人群中幻影般闪现；

湿漉漉的黑树枝上花瓣数点。

附英文原文：

In a Station of the Metro

The apparition of these faces in the crowd;

Petals on a wet, black bough

【作者简介】

埃德拉·庞德（Ezra Loomis Pound）美、英现代主义诗歌大师、中国古代文化尤其是儒家思想的膜拜者和传播者。

地铁

艾伦·退特
赵毅衡 译

黑色准时的潜行者穿过绵延的丧钟
圆穹连着圆穹，尖顶炸出冰雹似的
红色回响，压在那沉闷的
雷鸣之上，像一个爆炸的坩埚！
声音粗厉的音乐性的钢壳
带着愤怒的崇拜虔诚地猛冲，
疾行在你谦恭的事业之上
冲进地狱的钢铁森林之中：

直到沿着你的钢壳的正切方向
在安宁紧密的高度变化中被炸碎，
我变成了各种几何学，充满了
扩张，好像一个眼盲的天文学家
茫然瞪视，而在一个白痴冷静的欢乐中
无世界的层层天空在鼓胀，在回旋。

【作者简介】
艾伦·退特（Allen Tate），美国南方“逃亡者”诗派的代表、散文家、“新批评”派理论家。

北京地铁(选段)

臧棣

在地铁中加速，新换的衣裤
帮助我们深入角色，学会
紧挨着陌生的人，保持
恰当的镇定。

【作者简介】

臧棣，1964年生丁北京，毕业于北京大学，文学博士，1999年至2000年任美国加州大学戴维斯校区访问学者。

地铁站随想（组诗选）

杜运燮

小小天地里
大脚步，小脚步
杂乱的脚步
无休止的脚步
走来走去，只是鞋
实用的，名牌的，土老帽的
都一样匆忙
鱼贯上车
听站名鱼贯下车
（想过像鱼吗）
多少双，有一时的目的
并不想终极的目标

北京地铁

唐祈

柔软的灯光在这里
湿透翠绿的空气
人们走进珊瑚筑成的宫殿
忽然潜入沉静的海底

戴着钻石珠宝的花枝
矿灯帽压着额发的矿工
手拎着青菜的老人
脸色红润的母亲和婴孩
都静静坐在车厢里
让他们在浅绿的光线中飞驰
如大海里一同游过的鱼儿

那扇忽闪的车窗口
一双托着腮沉思的手，
像雪白的莲藕
透过镜框的深沉的眼光
落在厚厚的书页上，
谁能知道
博学的女研究生在地下
思考着宇宙

【作者简介】
唐祈，原名唐克蕃，籍贯江苏苏州，生前为西北民族学院汉语系教授，“九叶诗派”代表之一。

地铁列车

北塔

迅速启动，载着众人
在黑暗中狂奔
在光明中流连

如果在光明中狂奔
谁也无法到达
如果在黑暗中流连
就无法再启动
从光明到光明
中间必须经过
大段大段的黑暗

拯救之手被车票砍下
混杂在书报的洪水里
啊，谁敢在光明中逗留
消受封面和封底的美貌

地铁列车绕着圈旋转
一茬一茬的人到来——
消——逝

地铁

沈利

请你捎上我
捎上死亡和灿烂的阳光
请你捎上我
捎上嘴角的微笑和皮肤的渴望

地铁
这奔驰的黑夜
一分钟的爱情可以毁掉所有的爱情
一滴水中的伤心足以代替所有的伤心

地铁
请你留意一个人
他曾经辗碎我又疾驶而过

【作者简介】
沈利，重庆人，2008年获重庆市“巴渝新秀”青年文化人才奖，著有诗集《一个人的地铁》。

地铁车站

北岛

那些水泥电线杆
原来是河道里漂浮的
一截截木头
你相信吗

鹰从来不飞到这里
尽管各式各样的兔皮帽子
暴露在大街上
你相信吗

只有山羊在夜深人静
成群地涌进城市
被霓虹灯染得花花绿绿
你相信吗

第二十二期 主题·动物

飞燕

舒能

一对辛勤的飞燕
携两把银剪
穿过幽幽历史长空
跨越茫茫绿水青山
饱览沧桑变迁
剪辑春色万里
背负喜气无限

常常作客，王谢高贵的堂前
屡屡光顾，寒士低矮的屋檐

【作者简介】
舒能，本名舒伯元，1951年生于浙江嵊州，代表作有《致母亲》、《支点》、《毒戒》、《剡溪魄赞》等，《飞燕》曾荣获“华夏情”全国征文大赛诗歌类一等奖。

蛇

冯至

我的寂寞是一条长蛇，
静静地没有言语。
你万一梦到它时，
千万呵，不要悚惧。
它是我忠诚的侣伴，
心里害着热烈的相思；
它想那茂密的草原——
你头上的、浓郁的乌丝。
它月影一般的轻轻地
从你那儿轻轻走过；
它把你的梦境衔了来，
像一支绯红的花朵。

【作者简介】
冯至，河北涿州人，现代诗人，翻译家，教授。著有诗集《十四行集》、散文集《山水》、中篇历史小说《伍子胥》及学术论文、杂文等。

马

多多（荷兰）

灰暗的云朵好像送葬的人群
牧场背后一齐抬起了悲哀的牛头
孤寂的星星全都搂在一起
好像暴风雪
骤然出现在祖母可怕的脸上
噢，小白老鼠玩耍自己双脚的那会儿
黑暗原野上咳血疾驰的野王子
旧世界的最后一名骑士
——马
一匹无头的马，在奔驰……

【作者简介】
多多，原名栗世征，北京人，诗集有《在风城》（1975）、《白马集》（1984）、《路》（1986）、《微雕世界》（1998）等。

角马和瞪羚迁徙

王桂林

旱季来临，南方
又开始暴躁而荒芜
年复一年
三十五万只角马和
二十万只瞪羚
从矮草草原出发
迁徙北上。它们
穿过狮子和鳄鱼的营盘
年幼体弱的子嗣
果腹于肉食者。那里
有高草草原
紧挨着马拉河

【作者简介】
王桂林，山东东营人，“黄河口诗人部落”的命名者、倡导者，著有诗集《序曲》等。

蛇与蛙

江弱水

我们就像蛇与蛙
贪婪地吞噬阳光；
多少年不声不响，
我们蛰伏在地下。

谁在说什么异化？
谁没有一身创伤？
大雪使我们色盲，
风暴使我们喑哑。

接触过智慧之果，
也能分别出善恶，
有人说我们狡黠。

春天里我们出访，
夏天里我们歌唱，
阳光下怒放如花。

【作者简介】
江弱水，1963年生于安徽青阳，香港中文大学哲学博士，现居杭州。著有诗集《线装的心情》和随笔集《陆客台湾》等多部作品。

狮

非马（美国）

把目光从遥远的绿梦收回
才惊觉
参天的原始林已枯萎
成一排森严的铁栏
虚张的大口
再也呼不出
横扫原野的千军万马
除了喉间
喀喀的几声
闷雷

【作者简介】

非马，本名马为义，原籍广东，生于台湾。美籍华人工程师，诗人，艺术家。著有诗集《在风城》和《笃笃有声的马蹄》等。

鸽子

杨允达（法国）

顶楼
一只鸽子
伸长脖子
向下俯视
它看到来往的路人
低头走过
经听到飞驰的车辆
匆匆驶过
它在顶楼一面俯视
一面捉弄飞扬的灰尘
它从顶楼闻到
一阵阵废气飘来
鸽子
伸着脖子
在顶楼
俯视

【作者简介】
杨允达，1933年生于武汉，祖籍北京，巴黎大学文学博士，世界诗人大会会长，出版有诗集《一只鸽子》等。

世事沧桑话鸣鸟

罗伯特·潘·沃伦〔美国〕

那只是一只鸟在晚上鸣叫，认不出是什么鸟，
当我从泉边取水回来，走过满是石头的牧场，
我站得那么静，头上的天空和水桶里的天空一样静。
多少年过去，多少地方多少脸都淡漠了，有的人已谢世，
而我站在远方，夜那么静，我终于肯定
我最怀念的，不是那些终将消逝的东西，
而是鸟鸣时那种宁静。

【作者简介】
罗伯特·潘·沃伦（Robert Penn Warren），美国第一任桂冠诗人。早年为“新批评派”代表之一，诗集有《今与昔，1976—1978年诗选》等。

黄鸟（节选）

闻一多

野心的鸟儿啊！
我知道你喉咙里的
太丰富的歌儿
快要噎死你了：
但是从容些吐着！
吐出那水晶的谐音，
造成艺术之宫，
让一个失路的灵魂
早安了家罢！

【作者简介】
闻一多，生于湖北省黄冈市浠水县，诗人，学者，伟大的爱国主义者，坚定的民主战士，代表作有《七子之歌》、《死水》、《红烛》等。

老马

臧克家

总得叫大车装个够，
它横竖不说一句话，
背上的压力往肉里扣，
它把头沉重地垂下！

这刻不知道下刻的命，
它有泪只往心里咽，
眼前飘来一道鞭影，
它抬起头望望前面。

【作者简介】
臧克家，生于山东诸城，后居北京，出版有诗集《烙印》、《罪恶的黑手》、《自己的写照》等10余部。

第二十三期 主题·父亲节特别专题

苦艾诗

祝凤鸣

进城十年，今年春天，父亲将两枝绿艾
斜插在我家防盗门上，
我惊讶于这冰冷铁管萌发的新芽。

从七月到九月，
天空阴晴不定，胎儿
在母腹成熟，艾叶渐渐干枯。

黎明的木盆显得粗糙，
新生的儿子在艾叶水中啼哭，这弥漫的爱
这世间清苦的热气！

澡盆倾倒，那废弃的艾叶
如熟睡的蝙蝠
顺着轰响的下水道沉入远方。
它能否惊醒，在地底深处，
扇动着漆黑的翅膀

能否有一天，它渐渐变绿，又重回世上？

【作者简介】
祝凤鸣，1964年生于安徽宿松县，毕业于安徽师范大学地理系，乡土诗歌代表之一。

父殇（组诗选一）

北塔

你脚边破旧的小铁锅
我一遍遍往里添加锡箔
如同你一年年把热饭
从锅里舀入我的童年
如同你一次次地，在我临行前
往我的内衣口袋里塞盘缠

如今，父亲，你也要上路了
让我给你添些，再添些
你要走的路太漫长
让我给你添些，再添些

父亲（组诗选一）

骆英

死去的树都会脆弱的刚硬，像毕加索的拐棍
冬日的雪偶尔在黄昏被强硬的漫撒
那树的枝杈就会像父亲的白发杂乱而又鲜明
像一队旅人点燃的炊烟被风吹低了身影
荒栈门前的旗幡被遗弃的像荆棘残存
断垣之后的眺望无法分清方向
父亲，其实我并不为旅途的无助而隐痛
即便是十年，我也不曾中止过我的坚定
我想如旅人般被初阳一遍遍照耀，在迷途中闪烁
倾听小兔鼠用她的尖叫引领原野的苏醒
然后，野鸽子逆着光飞翔，像画着的月光
慢慢地，重叠住父亲的身影，消失在远方

【作者简介】
骆英，生于甘肃，长于宁夏，学于北京，著有诗集《都市流浪集》等。

父亲

马永波

这个把一生献给光明的人
如今已进入黑暗
他的身体沉重得
像一个衰败的王国
我坐在他床边守候，这个人
我的父亲，病体沉重
输液管在响
是父亲的生命在流逝
或者回复
我不能确定
我看着床上，这个人
小时是我慈爱的父亲
长大后是我倾斜的远方
现在，是我的一个孩子
他面容安静，双唇翕动
频频地梦见过去
（战争年代，马蹄窝里发黄的雨水
以及体内焚烧的石头）
也许，还有他自己的父亲，和另一个地方
在雨中，那些经过的店铺空空荡荡
像被雨淘空内脏的标本，呲着牙
雨衣像一只熊趴在我的背上
我不知该去哪里
这同一场雨
让两代人无家可归

【作者简介】
马永波，1964年生，黑龙江克山人，毕业于西安交通大学，致力于英美现当代文学的翻译与研究。

望父亲

杨北城

父亲来电说，今年的油菜花啊
早漫过了蜂箱
他要为我，酿最好的蜜
“北京干燥，别上火”
我无数次拨通方言的电话
想告诉父亲
就给我带把泥土吧
“父母在，不远游
再捏一个少年，去放牛”

可故乡的牛，越来越沉默了
就像父亲在昏黄的天空下
望着越耕越少的土地
老眼无神
而透过记忆的炊烟
我却无力，捧起续香的烟火
明天就是芒种，我想不顾一切地回去
重新向父亲学习
做一个勤劳的“地”“主”

【作者简介】
杨北城，祖籍江西南康，1964年出生于北大荒，现居北京。1985年开始发表作品。有诗歌、散文散见各种选刊，2001年由作家出版社出版诗集《皈依之路》。

父亲

陈人杰

收割了七十年的麦子
总有一把无形的镰刀跟随着他
麦子麦子，在风中弯下腰来
有谁听见了它的咳嗽？
有谁看见了岁月逼人
镰刀上闪过的锋利眼神？
一生七十年是一季麦子
人弯着身子，像一把镰刀
当麦粒归仓
大地的心事落地
我看见为夜潮点燃的灯盏
像另一座谷仓

【作者简介】
陈人杰，浙江天台人，1968年生，诗集《回家》获第二届徐志摩诗歌奖。

跋

诗·人·坊

你和诗人们开过会吗?

自从2010年5月做“4号诗歌坊”，我应北塔先生之邀，时常参加诗会，我想说，那和所有的会都不一样。

会场就像是一篇散文，形神皆散。房间里烟雾弥漫，混杂着谈笑、电话铃声、以及从天南海北赴会而来的仆仆风尘。你搞不清谁是东道谁是来宾，没人招呼没人引导，但每个人都宾至如归的样子。北塔总是姗姗来迟，他穿越烟雾用眼神和我打个招呼，然后高声呼吁抽烟的、开小会的、打手机的，“注意开会啦！”随即，朗诵声起，诗歌驾临——“让我们放下武器吧，坐在大树下，坐在草地上，坐在溪水旁与爱共生，击弦而歌，像蜜蜂一样收起毒刺，采花酿蜜……”在那一刻，会场有如瑞雪初霁的城市，沉静覆盖了缭乱；诗人们，处子般安宁。

也许，诗歌就是这么特别，就算在人来人往的车站、在呼啸奔忙的地铁列车里，诗歌一到，心就静了。

很多诗人、记者问我，为什么京港地铁要做“4号诗歌坊”。实际上五年来我们还做了“4号美术馆”、“4号地理廊”、“4号写生”、“4号音画坊”等公益项目，都是利用地铁媒体资源定期展示美术、摄影、写生以及非物质文化遗产，做这些事并不是任务，但如果我们将地铁看成城市公共平台，那么其实就是义务了。是谁说过，“生活，不应只是赶路”。

应该感谢诗与画，令地铁生辉，带给乘客不同寻常的车旅体验；更要感谢和我们合作的艺术家及文化机构，像“4号诗歌坊”的艺术顾问北塔先生，四年来跟他的朋友们一起组稿、选诗、落实知识产权、组织“4号诗歌坊”诗会，乐此不疲，还有科普出版社的诗人社长苏青先生，在诗歌出版的困境中，仍鼎立支持这个项目。

我算了一下，截至2014年2月，“4号诗歌坊”共推出22期，展示中外诗歌超过200首。4号线第12号、39号以及14号线202号三列诗意列车，始终未出现过商业广告。

有一次开会，《新京报》一位女记者援引大师名言：“对于一个时代来说，诗人比诗歌更重要。”随后有诗人发言谈到“4号诗歌坊”更深远的意义——未来有一天，会有诗人这样说，他第一次爱上诗歌，是源自地铁中的一次邂逅。

每每听到诗人们称赞“4号诗歌坊”，我都会非常窃喜。诗人是不会客套的，如果你和他们开过会，就知道。

高翔

一个地铁人

2014年初

诗歌坊

现场图片

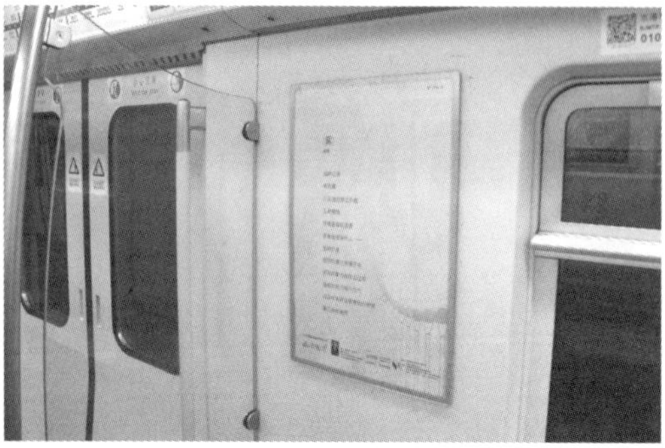
列车里

直梯

列车里

科学普及出版社公益赞助4号诗歌坊签约仪式

展厅内-备用房

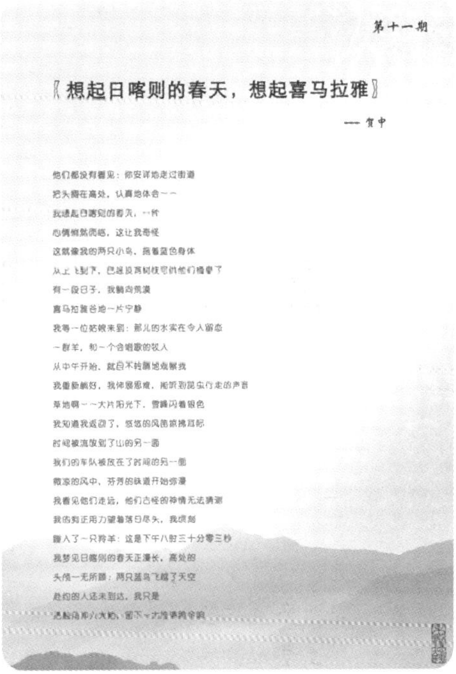

北京京港地铁有限公司 4号诗歌坊

科学普及出版社